SHANGHAI LITERATURE & ART PUBLISHING GROUP

故事会
精品系列

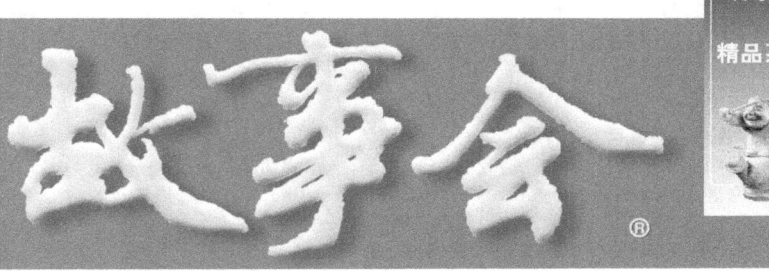

®

快乐故事

I0529721

 上海锦绣文章出版社
上海故事会文化传媒有限公司

上海文艺出版（集团）有限公司

图书在版编目（CIP）数据

快乐故事 《故事会》编辑部编 – 上海：上海锦绣文章出版社
（故事会精品系列） ISBN 978-7-80685-786-1
Ⅰ．①快…Ⅱ．①故…Ⅲ．故事－作品集－世界 Ⅳ．I14
中国版本图书馆 CIP 数据核字（2007）第 113221 号

丛 书 名：故事会精品系列

书 　 名：快乐故事

主 　 编：何承伟

编 　 委：何承伟　吴　伦　姚自豪　夏一鸣

责任编辑：刘迎曦　鲍　放

装帧设计：王　伟

责任督印：张　凯

出 　 　 版：　上海锦绣文章出版社

　 　 　 　 　 上海故事会文化传媒有限公司

POD 海外发行：　中国图书进出口上海公司

　 　 　 　 　 电话：021-36357888

　 　 　 　 　 传真：021-36357896

　 　 　 　 　 地址：上海市虹口区广中路 88 号

　 　 　 　 　 邮编：200083

目　　录

乐不可支

何乐不为

乐 不 可 支

人的快乐——这是最能使人原形毕露的。有的人的性格你很久还捉摸不透,可是只要这个人由衷地纵声大笑起来,你对他的整个性格就会忽然了如指掌。

乔老头的暗号

南桥乡政府有个乔老头,最近因为年纪大了,耳朵有点背,乡里为了照顾他,安排他管会议室。

管会议室无非是干一些拖地板、擦桌子、洗茶杯之类的活,乔老头手脚勤快,样样工作干得有板有眼,可就是有一样,经常出差错。啥?乡里召开一些大型会议,喜欢鸣炮、奏乐,乔老头耳朵不好使,主持人叫:"鸣炮!"他说:"啥,凳子不够?"急匆匆跑到隔壁办公室拎几把椅子来;主持人叫:"奏乐!"他说:"什么,天太热?"一口气拧开墙壁上所有的吊扇开关,闹得大伙啼笑皆非。后来,他的耳朵越来越不行,差错越来越多,越来越大,他侄子曹秘书偷偷给他想了一个办法,约定以举手为号,举左手为鸣炮,举右手为奏乐。这样每一次鸣炮、奏乐,乔老头都看侄子的手势行事,果然没有再出过差错。

这一天,乡里又要召开一个大型会议,肖乡长找来乔老头说:"这次会议很重要,县里有许多领导来,你千万不能出差错闹笑话呀!"乔老头虽然听不清肖乡长讲什么,但也能琢磨出一个大概,心想:怕什么,有侄子给我打暗号呢!他拍着胸脯说:"这个,你放心,保管万无一失。"

乔老头嘴上虽这么说,心里总有些不踏实,天一亮就爬起来烧开水,扫会场,挂会标,把各项准备工作做好后,小步跑到乡政府门口的杂货店,买来一串炮仗,在走廊上支上一根竹竿,解开捻子,点燃一支香烟,这才稍稍松了一口气。

上午八点,开会的人陆续到齐,台下百十号人黑压压地坐了一大片,肖乡长正坐在主席台上查点到会人数,乔老头凭着直觉知道会议就要开始了,他一手夹着燃了半截的香烟,一手拿着炮仗捻子,两眼直愣愣地盯着他侄子曹秘书,进入了临战状态。

就在这时,天花板上一只蜘蛛掉了下来,不偏不倚落在曹秘书头上,曹秘书猝不及防,下意识地举手就拍。

乔老头盯着侄子,早已有些耐不住性子了,看到曹秘书举左手,以为该鸣炮了,赶忙将燃着的香烟头往炮仗捻子上凑,点燃了炮仗。

哪知,蜘蛛被曹秘书拍了一下,细腿一蹬又跳到他脑袋的右边,曹秘书觉得右边发梢痒痒的难受,又伸右手来拍。

乔老头刚点燃炮仗,看见侄子举右手,心里暗叫:"呀,该奏乐咧!"三步并作两步冲进会议室,看准录音机就往下按键,放响了乐曲。

这下倒好,会议还没正式开始,猛然间炮仗响,音乐起,整个会场全乱了套。肖乡长气坏了,瞪着铜铃般的大眼,指着乔老头的鼻子大骂,末了还是曹秘书出来调和,叫乔老头再买来一串炮仗,重新"鸣炮、奏乐"一番,才开始开会……

会议结束后,乔老头因为挨了骂,满肚子不高兴,午饭也不吃,一个人气鼓鼓地坐在房间里生闷气。许多同事知道后都去劝他,可是谁去劝他,他都不吭不理。

肖乡长感到奇怪:乔老头办事认真,即使领导批评他,他都能虚心接受,这一次到底怎么了?于是也去劝他,说:"唉,都怪我脾气太暴躁,当时不够冷静,事情已经过去了,那就算了吧!不过以后可要注意,别再闹笑话了,啊!"

乔老头白了肖乡长一眼,终于开腔了:"嘿,有什么大惊小怪的,无非是买了一串哑炮嘛,现在的假货多着呢!"

"哑炮?"大伙么一愣,随即都忍不住"轰"地一声笑了,他们这才发现,乔老头的耳朵几乎是全聋了。

(谢元清)

(题图:李　加)

张老汉汇款

张家村九十高龄的张平老汉对假货恨之入骨,对假钞更是咬牙切齿,所以,老汉自有一套独特的"防伪"技术。

这天,老汉把平日儿孙们给的零用钱换成三张崭新的百元大钞,准备到县城邮局去汇给在省城读大学的重孙子。好在老汉身板硬朗,县城又不太远,家人见劝阻不住,也只好由他去了。

在邮局里,老汉托人填好汇单写好信,又让写信人把钞票上的编号一一写上,嘱咐重孙子收款时一定要核对,以防假钞。写信人觉得好笑,不过还是替他写了上去。

不久,省城来了信,说是钱收到了,自然不是老汉原来的那三张钞票,还说老人家真是多此一举。

"邮局竟敢偷梁换柱,是何居心? 原来的钞票为啥没有到重孙子的手中,是何道理?"老汉发火了,怒气冲冲地来到邮局问罪。

邮局里的工作人员哭笑不得,只好向老汉认真解释,可是越解释老汉越糊涂,任你磨破嘴皮也无济于事,最后只好去请示局长。

年轻的局长又好气又好笑:竟有如此顾客?他快步来到营业厅,正想发作,一看眼前是位比他爷爷年龄还大的老"土老冒",便连话带口水一齐咽了回去,想想还是客气点为妙,好言好语将老汉打发走算了。

于是局长毕恭毕敬地将老汉请进办公室,让座、敬烟、上茶,而后满脸堆笑:"老爷子,您想想,这么多人往省城汇钱,我们总得派几个人送去吧?这些人坐车、吃饭、住店都要花钱,这次无意中把您老那三张票子给花了,只好用别的补上,真是对不起啊……"

"你这么花言巧语就想打发我走?没那么容易!"

糊弄不了,打发不走,事情真是难办!然而未容局长再想出对策,张老汉摊牌了:"半月内必须找回原来的那三张钞票,不然我就上诉!"临走时又扔下一句话:"别想再骗我,告诉你,我回去就写信,我重孙子手里有那三张钞票上的号码!"

事情严重了!局里当然不怕老汉投诉,却怕老汉"上树",这种年纪的老头,什么样的都有,万一想不开,有个三长两短,如何是好?于是连夜召开紧急会议,商量对策。

到底是人多出韩信,外号"狐精"的小胡忽然一拍大腿:"有啦!张大爷走时扔下的话,已经把办法告诉我们啦!我断定他手中没留钞票号码的底稿,我们何不如此这般……"

众人一听,哄堂大笑。

县邮局很快查到了张老汉那个读大学的重孙子的住址,紧接着便和这个大学生取得了联系,于是,一场应付张老汉的大戏演得有声有色：

先是邮局工作人员找了三张崭新的百元大钞，把上面的编号告诉在省城读书的张老汉的重孙子，然后由重孙子把这三个编号写信寄给张老汉，接着，邮局通知张老汉："花掉的钞票找到了。"

张老汉急如星火地赶到邮局，局长亲自把"哗哗"作响的三张钞票交到张老汉手里。张老汉从衣兜里掏出重孙子寄来的钞票号码一一核对，果然丝毫不差。

张老汉心中暗喜，脸上却很平静："钞票找到了，没啥事了，你们知错就改，将功补过，我们老百姓还是信得过你们的！"

躲在一边的小胡一听笑岔了气，"嘣"的一声，竟把裤带给绷断了……

（范飞翔）

（题图：李 加）

兑零钱

吴德福下岗后,开了家杂货店。最近,角币奇缺,给他的经营带来了不便,于是这天上午,他去县城兑零钱。

谁想到,现在零钱的"身价"大跌,不少人都看不上眼,吴德福跑了大半天,身边还是几张一百元的大票子。

吃中饭时,吴德福想起家中的煤气开关未关,就到一家杂货店里给妻子打了个电话。

打完电话,吴德福把手伸进衣袋,这才想起,身边一点零钱也没有,只好拿出一张百元大钞递了过去。

杂货店的营业员是个胖女人,她当即拉下了脸,粗声粗气地说:"拿零钱来。"

"对不起,今天走得急,忘了带零钱。"吴德福满脸带笑地解释。

"没有零钱打什么电话?"胖女人一副不依不饶的样子。

吴德福也有些恼火了,说:"电话我已经打了,你说怎么办吧!"

"怎么办? 不是很容易解决吗!"胖女人指了指店里的商品,说,"随便买一样,不就兑开了?"

经她一指点,吴德福茅塞顿开. 可仔细一看,这里经营的商品和自己店里的一模一样,价格却要高得多。他摇了摇头,说:"我也和你一样,是开店的,不需要这些东西。电话费是否等我兑开了再送来?"

那胖女人见吴德福不肯买店里的商品,更加不高兴了,她一把夺过吴德福手里的百元大钞,又从抽屉里拿出一卷卷已经卷好的1角面额的硬币,把卷着的纸撕开,全都倒在了柜台上,从中拿走5角钱后说:"这是99元5角,你慢慢地数吧。"说完,坐在一边看吴德福笑话。

"嗯。"吴德福点了点头,不紧不慢地将硬币十个十个地叠好,清点后放进包里,然后笔眯眯地说:"没错! 995个1角的硬币。不瞒你说,为了兑零钱,我已经跑了大半天,说实话,真不知该怎样感谢你啊!"

(陈志荣)

(题图:李 加)

特异功能

中午，快餐馆里来了一群客人，其中一位入座不久，突然"哧"地一声笑了起来。服务员不解地问："你笑什么？"那人说："我有特异功能，我看见5000里以外，有只猴子正在耍把戏。"

不一会，份饭送上来了。大家正要低头吃饭，那位"特异功能者"却拍着桌子大叫起来："你们太不公平了！"服务员过来问："怎么啦？""为什么别人碗里都有菜，我的碗里却没有？"

服务员笑着答道："刚才你还说能瞧见5000里以外的事，怎么现在就看不见饭底下有菜呢？嘿嘿，我是故意考考你的！"

（袁望来）

（题图：李　加）

中国的「东西」

　　传说乾隆年间,京城有许多外国留学生,汉语学得很不错。一日,乾隆皇帝心血来潮,将一位外国学生召上殿来,想考考这洋青年学汉语到底学到什么水平。

　　乾隆皇帝指着旁边的篮子问:"这是什么东西?"

　　外国学生答道:"这是竹篮子。"

　　"这东西是干什么用的?"

　　"这东西是装、装、装……"外国学生好像明白,但又说不出来,显得很着急。

　　乾隆皇帝替他答道:"装东西。"

　　外国学生疑惑不解地自语道:"这东西怎么能装东西?"

　　乾隆皇帝说:"'东西'这个词有几种意思,可以用来表示物,如竹篮子是东西,衣服是东西;也可以用来代表人,形容人坏,可以说'你这个坏东西';同时,还可以表示方向'东'和'西'。"

外国学生听后,就对乾隆皇帝说:"第一,桌子是东西,椅子是东西;第二,我是东西,您是东西;第三,南北的另外两个方向是东西。"

乾隆皇帝一听,赶紧纠正:"不能说人是东西。"

外国学生马上改正道:"陛下,您不是东西。"

乾隆皇帝一听哭笑不得:"这更不对了,这是骂人的话。"

外国学生听后糊涂了,不理解地问乾隆皇帝:"说陛下是东西不对,说陛下不是东西也不对,那陛下到底是不是东西呢?是东西,又是个什么东西呢?"

乾隆皇帝气得七窍生烟,外国学生又问道:"陛下刚才说'竹篮子是东西',里面可以装东西,为什么里面不能装南北呢?"

乾隆皇帝已气得说不出话来,示意旁边的大臣解释。这大臣躬身上前,说道:"东方甲乙木,西方庚辛金,南方丙丁火,北方壬癸水。竹篮子可盛木盛金,却难盛水火,故而只能装东西,不能装南北。"

一席话说得乾隆皇帝龙颜大悦,而外国学生则越听越糊涂了:"中国的'东西'太难理解了!"

据说这些外国学生几年后学成回国时,仍不明白东西是什么意思。直到今天,很多外国人还常常感慨地说:"中国的'东西'太难懂了!"

(张君良)

(题图:李 加)

杀
半
价

　　张老汉有个儿子叫二柱，人长得壮壮实实的，也很孝顺，可就是脑子不好使，时常犯傻。就为这，张老汉整天长吁短叹的。

　　一天，正逢镇上赶集，张老汉看到二柱的鞋子已烂得不能再穿了，自己又有事脱不了身，就塞给二柱两张"大团结"，叫他到镇上买新鞋。临出门的时候，张老汉一再叮嘱二柱，买鞋的时候，不论人家说多少都不能答应，只能给一半的钱。二柱听话地点了点头，欢欢喜喜上了路。

　　来到镇上，二柱看到人山人海，好不热闹，简直看花了眼，东寻西找，好不容易才来到一个鞋摊旁。

　　卖鞋的是个大爷。二柱走过去，有礼貌地问道："大爷，您老贵姓啊？"

　　老大爷听明白是在问自己，就忙立起身来说："噢，我姓石。

小伙子,买鞋啊?"

二柱一听,大爷姓"十",就信口说道:"哦,那我叫你五大爷好了。"

大爷一听,觉得很奇怪,只一会的工夫就把自己降了一半:"好,好,五大爷就五大爷。"

二柱走上前,拿起一双鞋:"五大爷,你这鞋怎么卖?"

"便宜着呢,十六块钱。"

二柱想起他爹的话,立即说道:"八块!"

那大爷一愣,哟嗬,这小子讲价也太狠了:"不卖,十四块。"

"七块。"

"十块!"

"五块。"

……

一老一少在那儿大声地讨价还价,旁边一会儿就挤过来许多看热闹的人。只见那大爷噎得直瞪眼,气得半天说不出话来,罢罢,遇到这个愣小伙活该倒霉:"这鞋我……我不卖了,送你得了。"

二柱听了,鼻子哼了一声,说:"我爹说过,只要你一只。"说完,拿起一只鞋跑了。

(赵永鹏)

(题图:李 加)

系腰带的学问

　　王先生身高不足一米七,体重却有一百五十多公斤,尤其他那大肚子,活像一个大大的棉花包,走起路来上下左右乱颤,人见人笑。

　　由于肚子大,系皮带自然成了王先生的一大难事。系在肚脐上面,人闷气;系在肚脐下面,裤子又拖脚;系在肚脐中间更难受,不是朝下滑就是皮带不够长,让王先生吃尽了苦头。这天,他要拜访一位重要客人,为表示郑重,特意换上了一身新衣服,将衬衣扎在了裤子里,使劲把裤腰往上提了提,让刚买的那条"卡其尔"名牌皮带露出来。

　　王先生知道要拜访的那位客人平时喜欢喝两口,于是便信步来到一家烟酒门市部,指着柜台内的五粮液不放心地问道:"小同志,你们这酒是从哪儿进的货,不会是假的吧?"

售货员看样子二十岁刚出头，一听这"假"字可就恼了，他转过身来正想狠狠训斥王先生几句，谁知一看他这副打扮愣了一下，急忙掀开柜台挡板，一溜烟跑进了经理办公室。不大会儿，就见从里面"呼啦啦"冲出一群人来，一个个笑容可掬地将王先生让进了经理办公室，又是上茶又是敬烟，左一声"首长"，右一声"领导"，直把王先生喊得晕头转向。

王先生急忙解释道："我只是想问问这酒是不是假的，没别的意思，你们这是干什么呀？"

只见为首那个提着两瓶包扎好的五粮液，恭恭敬敬地递给王先生，说："欢迎领导来我店指导工作，我店是连续三年的先进单位，决不会出售伪劣商品，请领导不要轻信传言，这两瓶酒您拿回去尝尝，绝对不假！"

听那人这么一讲，王先生放下心来，随手接过酒，说："好，我就信你们一回，多少钱？"

那人急忙摆手道："两瓶小酒算个啥，您拿回去喝就是了，能不能把您的名片留下一张，等您喝完了，我们再给您送去？"

王先生这才明白是对方认错了人，他不想诈人家两瓶酒，二话没说，放下五粮液便夺门而去。

急走几步后，王先生觉得皮带系得喘不过气来，便松掉裤扣，将皮带系在肚下，挽起裤脚又走进了另一家商店，问道："五粮液咋卖的？"

售货员抬头打量了他一下，伸出一把手说："保质保量，五百元一瓶！"

"啊？"王先生大吃一惊："哪有这么贵的价？你们宰得也忒狠了点儿吧！"

"哟，五百元对您有钱人来说算什么呀，还不够吃顿便饭、泡回澡堂子的呢！"

王先生这下可奇怪了："你怎么知道我是有钱人，我脸上又没画记号?"

"我会看相。"那售货员嘻嘻一笑,指着王先生的腰说,"日子富不富,看看您的肚;腰带低过肚脐眼,不是老板就是大款。"

王先生听了又好气又好笑,懒得与他争辩,扭头离去。

他这回吸取了前两次的教训,把皮带端端正正系在了腰正中,大摇大摆地又走进了一家商店,指着柜台上的五粮液说:"喂,来两瓶!"

售货员随手拿来两瓶酒,可转过身来,上下打量了王先生一眼,半天才撇撇嘴说:"这酒贵得很呀!"

王先生这才明白:"敢情这腰带系到哪儿,也有学问呀,系在肚脐眼上面是领导,系在肚脐眼下面是老板,是大款,系在肚脐眼,可就成了平头老百姓了——"

（申之珉）

（**题图**:李　加）

急事儿

　　一天,有位小伙子在大街上转来转去兜了好几圈儿,最后来到一座机关大楼前站住脚。

　　小伙子西装革履,形象气质也很出众。只见他在楼门口犹豫片刻,然后大摇大摆地向里面走去。

　　"喂,小伙子站住! 你有啥事儿?"看门老头儿见是个陌生人,便上前拦住他。

　　"我有急事儿,向张局长汇报。"小伙子潇洒地甩甩头说。

　　老头子愣了一下:"张局长? 我们这里没有姓张的局长。"

　　"大爷,您没听清,我说的是赵局长!"

　　"赵局长休病假有一个多月了,有事儿你直接去他家找吧。"

　　"真不凑巧,"小伙子额头上开始冒汗,"要不……就找王局长……或者……李局长,反正都一样。这件事无论如何不能再拖了。"

"咦?"老头子从头到脚把小伙子打量一番,"我看你这人蒙三诈四的,有点不对劲儿。你回答我,我们这儿有几位局长,他们都姓啥叫啥,长什么模样?"

小伙子突然用手捂住小肚子叫起来:"哎哟,我的大爷,实话对您说吧,我憋了一泡尿,满大街找不着厕所,想去楼里卫生间方便方便,您就行行好吧?"

老头儿一听乐了:"咳,这么点事儿何必非要请示领导? 他们的办事效率你受得了? 快点去尿吧,大爷我越级批准你啦!"

（吴　港）

（题图:李　加）

恋爱与股票

　　一家很出名的证券公司招聘职员，待遇十分丰厚，很多人去应聘。经过层层淘汰，只剩下三个人：阿伟、阿德和小刘。碰巧这三个人在读大学时就是好朋友，所以他们约定，谁先进去面试，出来后就要把考官问的问题告诉后面的人。

　　一个秘书过来，叫阿伟先进去面试。十分钟后，阿伟垂头丧气地走了出来，阿德和小刘马上围上去，问怎么了。阿伟把手一甩，说："他问我在大学里有没有谈过恋爱，我就老实告诉他我谈过，谁知他却说我既然谈了恋爱，那就一定没花多少时间在学业上，公司不需要我这种在学校里不好好读书的人……"阿伟说到这里，转身就气哼哼地走了。

　　这时，秘书又来了，点了小刘的名，小刘胸有成竹地走了进去。谁知十分钟后出来,也是一副沮丧的样子。阿德忙问他:"你也答错了?"小刘很不解地说:"问题倒还是问阿伟的那个老问题,我自然就说我没谈过恋爱。谁知他就咬定我的交际能力一定很差,要不然,大学四年我怎么会没谈过恋爱。唉!"

阿德一听心里有了底。轮到阿德进了考场,几个问题之后,考官一本正经地问他:"你在大学里谈过恋爱吗?"阿德镇定地回答说:"我想先谈一下我对上大学时谈恋爱的看法。我认为,上大学时谈恋爱就像买股票。"

考官对阿德的回答很有兴趣,好奇地说:"那就请你解释一下为什么吧!"

阿德说:"大一的时候,谈恋爱就像是暴涨牛市时公司的股票,人人都争着买,我们为什么不呢?"

考官笑着又问:"那以后呢?"

"大二时就像公司发展时期,股价总是上蹿下跳的,有的买,有的抛,咱就有选择地买呗;大三呢,绩优股继续被套牢,超跌股就被甩了,这时候局势有点由不了自己;到了大四,大盘狂泻了,散户、大户都没信心再血拼下去,于是大伙儿就都忙着脱手了。"

考官点了点头,笑着说:"像你这样连恋爱都能和股票联系在一起的人,证券公司怎么能不要呢?"

(小　华)

(题图:李　加)

关于前提

林科长喜欢在酒席上高谈阔论,而且他有个口头禅:"我有个前提……"

这天,林科长请女朋友吃饭,为了热闹,他请同科室的几个女同胞做伴。酒席上图的是气氛,几个女同胞为了助兴,使着劲儿逗乐,气氛一上来,林科长的话就多了。

林科长有个习惯,这习惯是在酒席上从领导那儿学来的,那就是喜欢用手捏着餐桌上带着把、带着壳的食品,一边吃一边晃动着,发表宏论,比如对单位改革的深层构想啦,对自己前途的远大设计啦,等等。

这当儿,服务小姐把第五个菜端上了桌,这是一盘红烧猪肘。林科长捏起一只,还没来得及啃,先举起了手:"女士们,刚才谈到了提高生活质量的问题,我基本上是赞同的。不过,我有个前提……"

女同胞们看着林科长晃来晃去的猪肘子,又听他说"我有个前提",全都拼命地忍着笑。

林科长有点纳闷,他不明白这些女人为什么笑,他啃了一口猪肘,换了一只手,继续把猪肘捏着,然后又将猪肘举了起来:"我还有一个前提……"

他的话刚出口,在场的女同胞们再也忍不住了,一个个笑得前俯后仰。

林科长有点恼了,把手中的猪肘使劲一举,说:"笑什么呀,我就是这个前提么!"

酒席散后,有人悄悄对林科长的女朋友打趣说:"姑娘你真有福分,将来下厨房的时候,如果实在没啥好做,前蹄总是不缺的。"

（西　青）

（**题图**：李　加）

高个儿姑娘

　　常大顺今年五十多岁,是省体委女篮教练,最近一心想培养一名高个子中锋,然而始终未能如愿。这可把他愁坏了,连晚上做梦也会梦到高个子姑娘。

　　这天常大顺正睡午觉,老婆把他叫醒,说是来了客人。常大顺起身来到客厅,看到屋里坐着个陌生女人,没等他开口,那女人就说:"听说你们要招打篮球的,我就来了。"

　　常大顺看她身高虽有一米八,但年纪却有四十多岁,而且风尘仆仆的,一看就是个乡下妇女。女人见常大顺不说话光撇嘴,忙说:"不是我,是我那丫头想要打篮球。"

　　常大顺便问她女儿身体好不好,女人说:"可好哩,长到十六岁,还从没得过病,我蒸的大白馒头,她一顿吃五个还嫌不够呢!"

常大顺又问她女儿平时好不好运动,女人说:"忒好动,一天到晚猴精儿似的翻跟头、打把式,还三天两头把村里男孩子打得哭爹叫娘的。"

常大顺越听越对她的女儿感兴趣,忙问孩子身高多少。女人说:"还真没给她量过,我家没尺呀!"常大顺想了想,就说:"这样吧,明天你把她带来,我看一下。"女人说:"今天就给看看,行不?"常大顺问人在哪儿,女人说:"我怕那野丫头给你家添乱,就没让她进来,正在门外等着呢。"

"那就快让她进来吧。"常大顺说着就起身去开门。他拉开里面的木门,木门外还有一层防盗门,防盗门是用铁皮做的,上面装着一只"猫眼"。常大顺习惯地对着猫眼儿向外头看了一眼,就在这时,他发现外面也有一只眼睛贴得紧紧的,也在往屋里看,这下里外两人就"看对眼儿"了。

常大顺怔了一下,回过头对女人说:"你还是把你那丫头带回去吧,再怎么着,我们也不会选上个残疾人啊!"女人忙说:"我那丫头身体好好的,根本没残疾,你让她进来看看好吗?""用不着,我已经看清楚了,"常大顺说,"她一只眼睛是瞎的,怎能上场打篮球? 真是笑话!"

"怎么会是一只眼睛瞎的呢?"女人一面嘀咕着,一面就凑到猫眼儿上看。就这一刻,她的脸不禁红了起来,挺难为情地对常大顺说:"真是不好意思,让你看错了……也难怪,天太热,我这丫头大大咧咧的,正撩起衬衫扇凉风,你刚才看见的,是她的肚脐眼儿……"

(吴　港)

(题图:李　加)

马虎买驴

这天晚上，马虎媳妇早早地就上了炕，关照马虎说："明儿个你还得赶集去买驴呢，早点儿歇着吧！"

马虎满不在乎地冲她说："买驴又不是咱'神六'上天，操那么大心干啥？"

媳妇嘴一撇："瞧你平时那大大咧咧的样子，家里好几千块钱都揣你身上呢，可得多留神啊！"

马虎不高兴了："行了，别唠叨了，睡觉！"

屋里的灯熄了，可让两口子万万没有想到的是，他们屋外的窗户根下，这时候正蹲着两个贼，是隔着一条河东黄庄的人，一个叫胖罗三，一个叫瘦柳四。现如今，贼也懂得讲究信息的重要，天知道他们是怎么知道马虎家里有钱的，于是就趁着天黑来窗根下听动静来了。

俩贼一听马虎明天要赶集去买驴,乐得眉开眼笑。为啥?俩贼可有主意了,等人家睡实了再进去偷多费劲啊,还不如明天在道上神不知鬼不觉地把钱拿过来,省事儿!

第二天,俩贼好不容易看着马虎上了路,就在后边悄悄跟着。半道上,马虎走累了,坐路边的一块大石头上歇气,俩贼一看机会来了,就马上追过去,一个递烟,一个点火,没几句话就和马虎混熟了。于是歇了会儿,三个人一起上路。

一路上,俩贼一边一个把马虎夹在中间,装作亲热的样子,在马虎身上捋了一遍。什么叫捋?就是搜身,还不能叫人家察觉,这是他们那行的"专业技术"。

可是俩贼什么也没捋到,于是一使眼色,换个位置再捋,可还是什么收获都没有。俩贼毛了,决定先把马虎哄进酒馆再说,不光要把钱弄到手,还得跟他学一招,看看他到底把钱给藏到什么地方了。

几杯酒下肚,马虎脸红了,舌头也短了。

俩贼一看有门儿,胖罗三就问:"大哥,今天到集上干什么来啦?"

马虎酒后吐真言,一点儿也不隐瞒:"买……驴啊!"

瘦柳四又问:"那得带不少钱吧?"

"敢情,好几千呢!"

胖罗三赶紧讨好说:"那可得多加小心啊!"

瘦柳四也假装讨好道:"这年头,可是什么人都有呀!"

马虎打个饱嗝,说:"放心吧,虽然大伙都叫我马虎,可我做大事还从来没出过差错哩!就说今天这买驴吧,昨晚你们那嫂子还唠叨个没完,一个老娘们儿有什么……见识啊!"

"就是、就是……"俩贼嘴里支应着,心里这个急呀,恨不得马虎马上把身上的钱掏出来。

可马虎还在那里絮絮不休:"我也知道,咱庄户人家存俩钱不容易，我能……不小心吗？"

　　说到这儿，马虎忽然站了起来，看看那俩贼，说："今天多谢了，改日我请客。时候不早……我得买驴去了。"说完，抬腿就要走人。

　　胖罗三急出一身汗来，怕财神爷一走，这辛苦可就白费了。他伸手一拦，马虎醉醺醺地问："你干……什么？"

　　瘦柳四急得直跺脚，脱口就说："你那钱……"

　　马虎往自己身上一摸，"刷"脸就白了。

　　俩贼也含糊了，心想，准是碰上什么高手，在他们之前抢先得了手。

　　这时候，只见马虎猛一拍桌子，眼珠一亮："嗨，我……想起来了，那钱还在我媳妇枕头底下呢！"

（崔　陟）

（题图：顾子易）

炒鱿鱼

　　小张结婚了,他是老婆的初恋,而小张在老婆之前就谈了五个女朋友,这是他天大的秘密,是不能让老婆知道的。可天下没有不透风的墙,小张谈过五个女朋友的事不胫而走,最终还是走进了老婆的耳朵里。

　　这天,小张下班一回家,老婆就冷若冰霜地问:"你为什么要骗我?"

　　小张只好假装糊涂:"我骗你什么呀?听不懂。"

　　老婆的眼泪"吧嗒吧嗒"往下掉:"你说我是你的初恋,可是在我之前,你就谈了五个女朋友。"

　　小张哑口无言。

　　老婆乘胜追击:"其实我不在乎你的过去,可你为什么要瞒我呢?我现在什么都知道了,难道你还不敢承认?"

见老婆哭成了泪人,小张灵机一动,说:"我承认,但那不过是我的学习阶段,说是谈朋友,其实连手都没碰过。"

老婆瞪了小张一眼:"学习阶段,什么学习阶段?"

小张铮铮有词道:"你不是说女人就是一所学校吗?我的第一个女友是幼儿园,第二个是小学,第三个是初中,第四个是高中,第五个是大学。"

老婆"扑哧"一笑:"那我呢?"

小张嬉皮笑脸地说:"你是我的用人单位呀!我的学习阶段结束了,毕业了。"

老婆嗔笑道:"算你老实,不然,我要炒你的鱿鱼。"

(张金初)

（题图:李　加）

魔　镜

　　朱明在家里打扫卫生时,撞破了卫生间墙上的镜子,吓了个半死:老婆每天都要对着镜子高歌几曲,现在镜子没了,如何向老婆交代?

　　朱明急匆匆上街,走了好几家玻璃店,最后总算在一家小店里找到了一块同样规格的镜子,美中不足的就是镜面上有点瑕疵。次品就次品吧,火烧眉毛,管不了太多。

　　朱明扛着镜子回家,老婆正在打扫满地的镜子碎片,朱明只好老老实实地坦白自己的过错。没想到老婆这回态度挺好,说朱明出发点还是好的,事后又及时做了弥补,就不追究了。朱明一听,心里的石头落了地,赶紧将新镜子装到墙上。

　　吃过晚饭,又到了老婆在卫生间放歌的时段,但她的歌声却一直没有传出来。朱明的心一下抽紧了：莫非老婆看到了镜面上的瑕疵？

又等了好半天，老婆终于在卫生间发出一声大叫："老公，快进来!"声音大得让朱明的腿肚子立刻抽筋。

朱明站在卫生间门口，战战兢兢地问："老……老婆，有什么吩咐？"

老婆一把将站在门口的朱明拉进来，抱着他又亲又吻，直把朱明弄得云里雾里摇摇晃晃才放开。老婆轻声问朱明："老公，你买这块镜子一定花了不少钱吧？效果明显比打碎的那块好哦!"

朱明总算透出一口气来，抬头看看镜中的自己，差点没笑出声来：他那滚圆的啤酒肚，在镜子里竟然小了整整一圈；老婆原本已经发福的体态，在镜子里居然变成了魔鬼身材。

次品镜子成了老婆眼中的魔镜！

（张建伟）

（**题图**：顾子易）

何 乐 不 为

生活乐趣的大小是随我们对生活的关心程度而定的。生活中有时发生一点不快，或者障碍，也是一种欢乐。

实话实说

　　小赵是个热情的小伙子,虽然刚参加工作,但不论在什么场合,都是腿勤嘴快,待人热忱,而且不说虚话。

　　元旦前夕,学校里老师聚餐,小赵又搬椅子又端盘子,忙得满头大汗。聚餐一开始,小赵就抢先端起酒杯,对同桌的一位老教师说:"王老,再过几天您就六十了吧？今天您无论如何也得先干两杯。"

　　王老微笑着推却说:"还是大家一起喝,一起喝。"

　　其实王老平时心脏不太好,小赵刚来不清楚,这种场合王老又不便多解释。

　　小赵依然热情地对王老说:"王老,您跟我们不一样,我们今后吃吃喝喝的机会有的是,您可是吃一顿少一顿啦……"

　　王老一听这话,脸上立时罩上了一层阴云,看看在座的人,然后把目光转向一边。

小赵一看王老端起酒杯又放下了，还有人冲他使眼色，便急忙解释道："王老，我这是真心实意地敬您一杯。我们虽然接触时间不长，但您给我的帮助，我永世不忘。喝一杯吧，要不以后再也喝不着了……"

话音刚落，就见王老脸色苍白，推开椅子就要走。

在座的人一时都愣住了，小赵眼疾手快，一个箭步冲过去，拦住王老说："王老，您脸色不好，是不是身体不舒服？您尽管直说，不要有顾虑——我父母都是医院的头儿，我打个电话，您就是晚期癌症，他们也会尽力救治的！"

这时，众人都围了过来。有个青年教师气呼呼地对小赵说："你少说两句吧，该干嘛就干嘛去！"

小赵一听，撒腿就跑。

工夫不大，就听由远而近传来"呜哇——呜哇——"的鸣笛声，紧接着，一辆乳白色的救护车呼啸着开到学校门口。原来是小赵叫的车！他还从自己宿舍替王老拿来了被子、枕头等用品。

大伙儿全愣住了！

（李宽云）

（题图：李　加）

小康村里好事多

　　后塘村是一个穷得叮当响的贫困村,却让乡里作为小康村给上报到了县里,县里又上报到了市里。

　　本来报也就报了,谁知市里这回认真了起来,分管"脱贫奔小康"工作的王副市长要来小康村检查指导工作。

　　这可急坏了吴县长。吴县长一个电话打到乡里,又急坏了赵乡长。赵乡长想这事瞒不下去了,就实话告诉吴县长,后塘村离乡里最远,原来报这个村的意思就是想吓退上面的领导,别来检查工作,谁知还是来了。这个村别说连电视机还没有一台,村民家里就是像样的被褥也拿不出一床。王副市长来,不是要露馅?

　　吴县长在电话里直骂赵乡长混账,但事到临头了,已没有了倒退的余地。吴县长沉思片刻后当机立断,叫赵乡长马上派几辆卡车到县招待所去。接着,吴县长又和县招待所所长联系,要县招待所拿出200套被褥和所有客房里的彩色电视机,借给后塘村。

几天后,王副市长在吴县长和赵乡长等人前呼后拥下来到了后塘村,他对富裕的后塘村给予很高的评价。

王副市长前脚走,乡里后脚就来拉彩电、被褥。没想到村民们怎么也不答应,而且威胁说:"谁敢拉走,咱们就要告到王副市长那里去。"结果,电视机一台也没拉成。

没过几天,市里分管计划生育工作的李副市长又要来后塘村检查指导计划生育工作。吴县长接到市里电话,头上直冒冷汗。因为后塘村的小伙子大都还是光棍一条,别说计划生育,就是给计划也生育不了。怎么办呢?村里总不能小伙子都没有媳妇吧?吴县长无计可施,只得又把眼光盯上了县招待所,招待所里有几十个漂亮的服务员,何不借来一用呢?

可当吴县长把意思一说,招待所所长因为有了上次彩电借去不还的教训,说什么也不同意,这服务员要是也借去不还,那可不是闹着玩的。可吴县长实在是没有其他办法了,就说:"放心,彩电是死的,可这人是活的,咱们当天就把她们拉回来,绝对不会有事的。而且我让赵乡长到村里去讲明白,这人只能看,不能动一个手指头,否则要他负一切责任。"

话说到这个分上了,招待所所长只得放人。

于是,当李副市长来到后塘村时,不时看到村民家里有漂亮媳妇出现。李副市长走进一户人家,户主是个五大三粗的小伙子,赵乡长向李副市长介绍:"李市长,他叫陆军,是位复员军人……"

赵乡长的话还没说完,陆军家里的门帘一撩,出来一位漂亮的姑娘,对着赵乡长甜甜地叫了一声:"爸!"这一叫叫得赵乡长等人目瞪口呆,只有李副市长乐哈哈地说:"赵乡长把女儿都嫁到小康村来了,看来这小康村的确吸引人。"赵乡长只听说吴县长想办法借来了一批媳妇,可不知道自己在县招待所当服务员的宝贝女儿也被借来扮"媳妇"了。他心里冒火,可脸上还不能露出来,只得尴尬着脸点头称是,甚至还即兴问了一句:"闺女,好久不回家了,这段日子还好吧?"赵小姐因为今天借用一下有100元的补贴费,所以扮得很投入,高兴地说:"还好。"

陆军不知道他的"媳妇"是赵乡长的千金,吃了一惊,但因为受了村委主任的叮嘱,所以也竭力配合,认赵乡长作了"丈人":"爸,进屋坐一会吧!"

赵乡长心里十分恼怒:谁是你爸了? 但嘴上还是连忙说:"不了,不了。"

李副市长见今天遇上了这般巧事,也来了兴致,问陆军道:"孩子多大啦?"陆军红着脸,吞吞吐吐地说:"还,还没有……"

李副市长说:"青年人提倡晚婚晚育是好事,但看你年纪也不小了,这事也不能太晚,否则对优生优育不利,得抓紧时间生一个……"

陆军看看赵乡长,不知如何回答是好:"这……"

李副市长说:"怎么,你老丈人不同意? 这事你们听我的没错,你们抓紧时间……"

赵乡长怕让李副市长看出破绽,赶忙对陆军说:"是得抓紧时间生个孩子了。"

陆军马上拿出军人的气势说:"好,听领导的,我坚决完成任务!"说到这儿觉得意犹未尽,又补了一句:"不获全胜,决不收兵!"

走出陆军家后,李副市长一行又到别的人家去看。

等领导们走得看不见了,陆军一把将大门关上。赵小姐一惊,叫了起来:"你要干什么? 可是说好的,只许看,不许碰……"

(韩仁均)

(**题图**:李 加)

自助床

　　老刘头这几年靠搞棚室蔬菜,日子翻了身,有了钱,就想出去见见世面。这天,他坐了一天火车,傍晚的时候来到向往已久的灵昌山风景旅游区,找到一家旅店住宿。这个房间有三张床,只有老刘头一个人住,老刘头东瞧瞧,西看看,这张床上坐坐,那张床上躺躺,最后还是决定睡第三张床,正好对着电视机。

　　晚上吃饭的时候,服务小姐告诉老刘头,如果付1钱,可以在旅店餐厅里随便吃,这叫自助餐。老刘头从来没听说过有这样的吃法,跑去一看,哇!一长溜桌子上摆的那些饭菜,光看就让人馋得流口水。老刘头当下就付钱,跑进餐厅挨个吃过去,直吃得弯不了身子,才依依不舍地离开餐厅。

　　长话短说。老刘头第二天就跟着导游上山,痛痛快快地在山上玩了三天,直到第三天天擦黑才下山。老刘头又来到那家旅店,巧了,服务小姐又给他安排到三天前他住过的那个房间,不过这回房间里已经住进了两个人,老刘头就睡在剩下的一张床上。

第二天一早,一切收拾停当,老刘头来到总台结账,一看账单,立刻喊起来:"上回三张床收六十,这回一张床怎么也收六十?"

"……上回?"服务小姐半天才弄明白是怎么回事,向他解释说,"大爷,您上回睡的不是三张床,也是一张床,只不过那两张床没人来睡罢了。"

"不对,那一宿三张床我全睡了一遍,我还能撒谎吗?"

服务小姐听了直想乐,怎么跟老刘头也解释不清,就请来了客房部主任。老刘头一看来了个领导,声音更响了:"你领导给评评这个理儿,你说,这不明摆着嘛:三斤黄瓜六元钱,一斤黄瓜就是两元钱,这谁不知道!三张床和一张床怎么能一样收钱呢?她们这是看我是个老农就骗我!"

客房部主任一听也乐了,他知道这样的老爷子不能跟他较真儿,想了想,和颜悦色地说:"老人家,您是不是在我们宾馆的餐厅吃过自助餐?"

"嗯。"

"这就好说了。自助餐您吃一个菜、两个菜,吃几个菜都是十五元,对吧?我们这里的床位也一样,睡一张床、两张床、三张床全是一个价。"

"噢,我明白了,你们这里吃饭是自助餐,睡觉是自助床,是不是?"

"对对,是自助床!您老人家脑瓜子灵,一点就透!"

"那可好了,"老刘头兴奋地说,"睡三张床也只收一个床价,那过两天我把我儿子、媳妇,不,我把我们村的乡亲们全领来,把你们旅店包了,多住上几天,好好玩一玩!"

(黄自昌)

(题图:李　加)

城乡差异

一个城里人和一个乡下人碰到了一起，两人就闲聊了起来。

这个城里人觉得自己身处大都市，前卫、新潮，乡下人土得掉渣儿，他就把乡下人的衣食住行狠狠地"损"了一顿。

乡下人听完城里人的话，愣了一会儿，说："老兄说得极是，我们乡下人是土，不如你们城里人会赶时髦，比方说吧，前几年，我们乡下穷，常吃粗粮，玉米面呀，山药面呀，这个时候，你们城里人吃的就是大米、白面了！"

城里人听到这里，就有点洋洋得意起来。

乡下人扫了他一眼，又接着说："不过我有点不明白，这几年来，我们生活条件好了，吃上了大米、白面，可你们倒又吃起了玉米面、山药面？"

城里人听了后，说："你们哪懂得科学进食！"

乡下人又说："前几年,我们没菜吃,常去山上挖野菜,可你们吃的却是新鲜的蔬菜。这几年,我们乡下搞起了大棚,一年四季吃上了新鲜的蔬菜,嗨,怪事来了,你们倒又漫山遍野地去寻找野菜吃!"

城里人鼻子"哼"了一声,又教训起来："你们不懂得养生之道!"

乡下人笑了笑,说："前几年,我们擦屁股用的是土坷垃,你们擦屁股用的是纸。可我不明白了,这几年我们擦屁股用上了纸,你们怎么用纸擦起嘴来了?"

城里人听了目瞪口呆,一句话也说不出来……

（吕新生　搜集整理）

（题图:李　加）

吝啬鬼

　　乡间有这么一对儿女亲家，一个豪爽大方，另一个却很是抠门小气。

　　有一天，豪爽亲家去抠门亲家家做客，抠门亲家本应杀鸡割肉好生款待的，可他却舍不得，磨蹭了半天，只是把一小碟豆腐乳端了出来，说："亲家，今天请你吃稀罕东西！"

　　豪爽亲家见他这个样子，心中暗暗好笑，但还是拿筷子挟起一块豆腐乳放进嘴里，说："要得，要得！"

　　见对方这么一口一块地吃，抠门亲家心疼死了，又不好意思明说，只好赶紧提醒道："亲家，这可是我跑了几十里路从县城买回来的哩！"

　　不想豪爽亲家又夹起一块豆腐乳放进嘴里，说："难得，难得！"

抠门亲家又是一阵心疼，再次提醒道："亲家，这东西贵啊，要五分钱一块呢！"

不想豪爽亲家再次夹起一块豆腐乳放进嘴里，说："值得，值得！"

抠门亲家又是一阵心疼："亲家，这好东西我也买不起太多，就剩这几块了！"

不想豪爽亲家还是不停嘴，一块豆腐乳又被夹进了他的嘴里："晓得，晓得！"

抠门亲家的脸有点拉长了："亲家，这东西可是盐泡酱渍过的，咸得很哪！"

不想豪爽亲家又挟起一块豆腐乳放进嘴里，说："吃得，吃得！"

抠门亲家实在憋不住，冒火了："亲家，这么咸的东西你也这么吃，等会回去的路上还不渴死你！"

不想豪爽亲家就是不理睬他，大模大样地继续把一块豆腐乳夹进嘴里，摇头晃脑地说："不见得，不见得！"

这回，抠门亲家气得说不出话来了。

豪爽亲家三口五口把那一碟豆腐乳都吃光了，这才丢了筷子，朝抠门亲家大笑道："哈哈哈，你说你这个亲家呀，我一个宝贝女儿大活人都舍得给你了，你连几块霉豆腐也舍不得给我吃，你这人哪，真是要不得，要不得啊！"

（吴雪恬）

（题图：李　加）

产的不如捡的

星期天,老康头划拉了自家地里产的大蒜,领着孙女进城卖钱。

祖孙俩经过一个垃圾堆时,见有个穿绒裙子的年轻女人,骂骂咧咧地将一只纸箱扔到垃圾堆上,转身就走。老康头看那只箱子蛮干净的,走近一扒拉,原来是一箱烂西红柿,说是烂,其实里面也还有不少好的。老康头扛起纸箱走到路边的小河沟旁,将纸箱里的西红柿倒出来,挑出那些没烂的,将它们好一通冲洗,打算卖了大蒜后带回家吃。

祖孙俩在市场蹲了两个小时,大蒜没人问价。老康头怕孙女肚子饿,便掏出手帕,拿了两只大西红柿,擦干净了,爷孙俩一人一只,吃得很甜。

这时候,有人在摊边站住了,问:"老头儿,你这西红柿多少钱一斤？"

老康头一仰脸,老天,这不是先前扔纸箱的那个女人吗？胳膊还挎着个穿西装的男人。老康头不好意思承认自己是捡人家扔的,便硬邦邦地说:"两元。"他知道这东西市场价一元五角,开价高点把对方吓跑了拉倒。哪想到这女人一听二话没说,用手一点:"你给我称五斤。"没办法,老康头只好跟邻摊借秤,给女人称了五斤西红柿。

只听女人转身教育那男的:"你瞧,人家祖孙俩吃得那么欢,这东西肯定是他们自家种的,无污染,绿色食品！"男的听话地连连点头。

这工夫,他们身后又过来一个男人,听女人这么说,就对老头一挥手:"剩下的我都要了。"一称,七斤多一点,算是十四元。

顾客走远了,老康头却像在梦中一样:这城里人是咋的啦,自家产的大蒜没人要,捡来的西红柿却卖了这么多钱！他拉着孙女的手,笑眯眯地说:"早知道,刚才咱吃那破西红柿做啥呀,白扔掉两元钱。走,爷爷带你下馆子,出来没准还能碰上个好垃圾堆哩！"

（顾文显）

（题图:李 加）

投其所好

老张和老李都是铁杆球迷，老张看球做家务两不误，老李却正好相反，一看起球来就什么都不管了，家里两口子经常闹矛盾。

于是，李嫂专程向张嫂请教。

张嫂说："在我们家里，主要是依靠足球知识开发人力资源。比如该给花浇水了，我就说：'亲爱的，给米兰队员喝点儿水吧。'该喂鸽子了，我就说：'亲爱的，给菲戈准备些点心吧。'房间里脏了，我就说：'亲爱的，托蒂该出场了。'现在我们就连对稀饭、糊糊的称呼也改了，统称'范尼'，哈哈，饭泥！"

李嫂将信将疑地问："这方法管用吗？"

"当然！"张嫂得意地说，"这叫投其所好。这不，我最近又找到一位更好使唤的球员了。"

"谁呀？"

"皇马队的7号,劳尔。"

李嫂从来不看足球,所以她根本没听懂张嫂在说什么,牛头不对马嘴地说:"嗨,光挠耳朵有什么用,还要等到每个月7号。"

李嫂这话把张嫂逗得哈哈大笑,张嫂说:"你懂什么呀,劳尔,这'尔'字是文言文里'你'的意思,劳尔不就是劳驾你的意思嘛!我常常对他说,'劳尔倒杯水','劳尔洗洗碗',嘿,效果特别好。不信你回去试试,保管有用。不过,你先要弄清楚,他最喜欢的球员是哪几个。"

李嫂听得心里痒痒的,就急着回家试去了。

第二天,张嫂、李嫂两个人再碰头,张嫂见李嫂满脸沮丧的样子,便关心地问:"试过吗?效果怎么样?"

李嫂摇摇头说:"你不知道,昨天我一回家就问他,最喜欢的足球运动员是谁。谁知他一把抱住我说:'亲爱的,今生今世唯爱你!'他今生今世只爱我一个,我一激动,就把家务全干了。可今天我才弄明白,什么'唯爱你',他说的是'维埃里',那是人家球员的名字!"

(万登峰)

(题图:李　加)

老刘的饭量

　　下班路上,老马遇见了老刘。两人虽然在一个公司上班,却是两个部门,平时没什么来往。不过老马这人为人特别热情,因为最近正好和老刘一起参加公司的业务骨干培训,所以他一定要请老刘吃饭,说是交个朋友。

　　两人来到一家小饭店,老马点了四菜一汤,四瓶啤酒,边喝边聊。待喝完啤酒,菜也吃得差不多时,老马问老刘想吃多少饭,老刘说:"来一盆吧!"

　　一盆? 老马还从来没见过吃饭论盆的,他暗暗称奇,心里想:老刘这饭量可真够大的啦! 他叫来了服务员,说:"来一盆饭,再加个二两的。"

　　不一会儿,服务员端来了大米饭,一个小碗,一个大盆。老马慢吞吞地吃,其实他是在等老刘。老刘吃饭的速度快极了,风卷残云,三下五除二一盆饭就见底了,嘴里还直嘟囔:"这盆也太小了哟……"

老刘这是没吃饱? 老马试探着问:"老刘,再吃点?"

老刘摸着肚皮,笑眯眯地说:"那就再来一盆吧!"

老马叫来服务员,说再来一盆大米饭。服务员说,没有大米饭了,包子行不行? 老刘说:"行,就来十个包子吧!"

不一会儿,十个热气腾腾的包子端了上来,眨眼工夫又被老刘统统"消灭"掉了,老刘放下筷子,一只手搁在了肚皮上。

"老刘,要不要再来几个包子?"老马说话的腔调都变了,声音有点发颤。

"不吃啦,不吃啦!"老刘连连摆手,极认真地对老马说,"晚上这顿饭呀,我向来只吃七分饱。"

(曹　风)

(题图:李　加)

新式锻炼法

老王住的小区中央有块绿地,每天早上,都有不少居民在那里锻炼身体。老王退休在家没事干,也去那里做运动,但他既不会做操,也不会打拳,只能跟在一群跳健身舞的大妈后面比划比划。

这天早晨,老王去得晚,跳健身舞的大妈们已经练完走了。老王在鹅卵石上踩了几圈,便退了出来。

刚出门口,只见一个穿着运动装的年轻女孩趴在地上,一会儿撅起屁股,一会儿上身前倾,身子还不停地在原地打转。

老王心想:年轻人就是年轻人,连做的运动都是那样稀奇古怪,看这小姑娘的动作,挺像电视里常介绍的那个瑜伽功夫,说不准还能治治我的腰疼病呢。反正大妈们也不在,今天干脆就跟这女孩学学,咱也练回新潮的!

想到这里,老王也双手撑地,撅起屁股趴了下来。女孩左边转转,右边转转,老王也跟着左右转动;女孩两只手在地上东摸摸,西摸摸,老王也跟着来回摸索。就这样趴了一会儿,老王已是气喘吁吁了,他心想:这个锻炼方法真有效啊。

这时,女孩转过头来,发现了老王,她一屁股坐在地上,擦了擦脸上的汗,问道:"大爷,您也把隐形眼镜弄丢了吗?"

（季娴芳）

（**题图**:李　加）

流行趋势

公司积压了一批牛仔裤,于是给所有推销员压任务,销不出去就得走人,销出去了,给20%的高额提成。6万条牛仔裤都是过时的面料和款式,哪里会有人要买呢?推销员马明为此愁得茶不思饭不吃,整个人就像破牛仔裤一样快皱巴了,还是没有想出好办法。于是,他决定回乡下老家一趟,去散散心。

乘了四个小时的汽车,马明到家了。眼前是一片绿油油的菜地,马明看到爹正在大棚里忙着摘菜,便去给爹当助手,到了吃晚饭时,父子俩摘了满满两大筐蔬菜。

马明对爹说:"明天去市场卖菜,我还给你当助手!"爹连连摇头说:"不用,不用,这菜好卖得很。不过,现在我得先下点功夫。"马明不明白爹说的下功夫是什么意思,只见爹拿出一个特制的小钳子,抓起筐里的菜就往叶子上钳,好好的菜叶,被钳出了许多不规则的小洞眼。马明看糊涂了,问道:"爹,你这是干吗？这么新鲜的菜,不都被你糟蹋了？"

爹瞧着他一眼,狡黠地说:"就靠这些小洞眼,这菜才卖得快呀！你不知道,现在城里人吃菜可有一套了,专捡有虫眼的买,说是有虫眼的菜没打过药,吃得放心。"

马明瞅着被爹加工过的那些菜叶上的小洞,还真像虫子咬出来似的！他呆愣了半晌,突然拍着脑门连声说:"有了,有了！"他对爹说了声"我得赶回去了",转身就走。

回到城里,马明神秘兮兮地开始准备,找模特,借场地……过了几天,一场"野蛮女友秀"的裤装展示会发布了,舞台上,一个帅帅的男生想讨女友欢心,送给她一条牛仔裤,女友接过裤子看了看,皱了皱眉头,说了声"老土",就随手往边上一扔;被扔到一旁的裤子很快被另一个美女捡了起来,只见她拿起剪刀,"咔嚓"几下,在裤腿上随意开了几个洞,就喜滋滋地去了后台;过了一会,女孩子穿了这条带洞的裤子从后台走出来,裤子上那几个刚剪出来的洞看上去特别酷,那前卫劲儿,就别提多迷人了,刚才还土不啦叽的裤子,一下子就变得时髦起来。就在这时候,一条标语出现在台上:"我野蛮,我可爱。"原先那个把牛仔裤扔了的女孩,在边上看得直发愣,再看送她牛仔裤的男朋友,正作惊艳状地盯着那个穿破牛仔裤的酷女孩……

这场牛仔裤表演秀结束的时候,台下响起了一片尖叫声,真是太成功了,很多小女生都爱疯了,大家都看过韩剧"野蛮女友",谁不想做越野蛮越可爱的酷女孩啊！

很快,掀起了一股抢购这种带洞牛仔裤的风潮。你要问马明,现在的流行趋势是什么,他肯定会不含糊地告诉你,当然是流行小洞啦！

（刘勇军）

（题图:李　加）

买　票

　　某外国歌舞团来本市演出,马局长一时兴起,一个电话打到局办公室:"熊主任,你去买两张歌舞团的演出票,要最好的座位。"

　　熊主任接到局长的指示不敢怠慢,但转念一想,堂堂一个主任跑腿去买票,岂不是太掉身份? 于是他拿起话筒,把电话打到楼下办公室:"小徐吗? 你去替我买两张歌舞团的演出票,要最好的座位!"

　　小徐是刚分配来不久的大学生,对主任安排的任务自然不敢推辞,可自己手头正忙着起草一份报告稿,实在脱不开身。于是,他就用商量的口吻对坐在对面的同事婷婷说:"婷婷,麻烦你去帮我买两张歌舞团的演出票好吗? 要最好的座位。回头我请你吃饭,行不?"

这婷婷是局里的一枝花,仗着马局长的宠爱,局里上上下下谁也使不动她。不过,这个婷婷对小徐却是例外,因为她很喜欢这个英俊的大学生,常常主动帮他干这干那,现在听小徐这么一说,便爽快地答应道:"没问题,不过你得交代,是不是和女朋友去看演出?"

小徐知道婷婷对熊主任很反感,所以不敢说是替熊主任买的,就含含糊糊地说:"不,不是,是替别人买的!"

婷婷其实知道小徐还没有女朋友,刚才不过是逗他玩的,见小徐脸红到脖子根,便打趣道:"看你,一个大学生,还这么不好意思。"

婷婷拿着手机走出屋外,拨通了马局长办公室的电话:"局长呀,我是婷婷,要劳你的大驾哪!你帮我买两张歌舞团的演出票,行不?记住,要最好的座位哦!"

果然,电话那头传来马局长兴奋的声音:"婷婷呀,咱俩可是心有灵犀一点通呵!买票的事你不用操心,下班前你直接到我办公室来好了!"原来马局长要买那两张票,就是想带婷婷一起去看演出。

婷婷当然不知内里,回到办公室,对小徐说:"搞定了,你就等着拿票吧!不过,请客的事可别忘了呵!"

离下班还有半个钟头,马局长把熊主任召到办公室,问:"票呢?"熊主任赶紧解释:"我有急事离不开,已经安排小徐去买了!"说完,就打电话让小徐把票送到马局长办公室来。

小徐放下话筒,对婷婷说:"来电话催着要票了,票呢?"

"走,跟我取票去!"婷婷领着小徐来到马局长办公室。

一进门,熊主任就问小徐:"票呢?"小徐用手指了指婷婷。

就见婷婷走到马局长跟前:"局长大人,把票给我吧!"

(邹吉庆)

(题图:李 加)

神秘的买瓜人

　　老刘在路边摆了个西瓜摊,守了近一个上午,几乎无人问津。懊恼之时,一辆摩托车"嘎"的一声停在他的摊前。老刘抬头一看,开摩托车的是个年轻人。

　　年轻人下车后,也不问价,直截了当地对老刘说:"给我来一个最大的西瓜!"

　　老刘乐得心花怒放,连忙起身找最大的西瓜。找到后,把西瓜拍得"咚咚"响,问:"这个怎么样?"

　　年轻人点点头说:"行!"

　　老刘把西瓜一称,说:"八元。"

　　年轻人二话不说,立即掏出钱来递给老刘,客气地说:"麻烦你把西瓜切成两半。"

　　老刘听了觉得有点奇怪，又不便多问，于是遵照年轻人的吩咐，将西瓜切成两半，然后拿出两个塑料袋，准备给年轻人装西瓜。

　　年轻人见状忙说："不用了。"说着，就用手把其中半个西瓜的瓜瓤掏了出来。

　　老刘看得目瞪口呆，怕是遇上脑子有毛病的吧？

　　只见年轻人掏空瓜瓤后，就把这半个西瓜往头上一扣，随后冲老刘嘻嘻一笑，把老刘吓了一跳。

　　老刘壮着胆子问："你、你这是干什么呀？"

　　年轻人跳上摩托车，说："你没看见路上有交警吗？"

　　老刘仍不懂年轻人葫芦里卖的什么药，愣着。

　　年轻人朝老刘扬扬眉，说："那牌子上不是写着：不戴头盔，罚款一百！"

（张　骏）

（题图：李　加）

情不自禁

　　王然原是商业局的局长，刚退休，这天正在家里百无聊赖地看电视，局里的一个职工打来电话说："老局长，明天我的儿子结婚，你一定要来啊！"王然挺高兴，一口答应下来。

　　第二天，王然领着老伴来到酒店，局里的同事们见了纷纷和他打招呼，主人更是忙不迭地请他到主桌，和一些在任的头头脑脑们坐在一起，他的老伴则被安排坐在女宾席上。

　　不一会儿，新郎新娘的新婚典礼开始了，当仪式进行到请嘉宾代表讲话时，主持人大声说："现在，请商业局王局长代表嘉宾致贺词。"

　　台下响起了热烈的掌声，王然精神一振，动作敏捷地大步上台，从主持人手里接过麦克风。他刚想开口讲话，突然看见老伴不住地给他打手势,他不知道老伴这是什么意思,就愣了一下。

全场掌声很热烈,王然猜不透老伴的手势是啥意思,众目睽睽之下他也顾不得那么多了,于是就开始了长篇大论,一番话讲得诙谐而不失庄重,足足讲了十分钟,才放下话筒,走下台来。

王然走到老伴跟前,问老伴打的是啥手势。老伴狠狠地瞪了他一眼,说:"人家是叫王局长上台讲话!"

"王局长?我不就是'王局长'吗?"

"人家是在叫王成局长,不是你,你已经退休了,你不知道吗?"

王然这才恍然大悟,悄悄四下一看,发现不少人正忍俊不禁地看着他,而他的继任局长王成,似笑非笑地冲他竖起了大拇指。王然脑袋一热,差点晕过去:我的妈呀,我怎么总忘记自己已经退了呀!

(楚横声)

(题图:李　加)

热情服务

　　老胡夫妻俩去餐馆吃饭。一进门,帅气的门童、端菜的小姐、吧台内的老板娘,都异口同声地向他们打招呼:"欢迎光临。"老胡夫妻俩笑着对视了一下,这里的服务真热情!

　　老胡夫妻俩刚坐下,就见一个五大三粗的汉子旁若无人地朝一个服务生喊道:"哎,小伙子,你过来!"服务生三步两步跑过去,那大汉"呱巴呱巴"地吃着菜,眼皮子都不眨一下:"去,把空调打高点。"

　　"好!"服务生得令后,一溜烟走开了。

　　一支烟工夫,那大汉又咋呼起来,而且认准了刚才那个服务生:"你,过来!"

　　服务生马上跑了过去,还是一副谦恭的模样。

"怎么搞的,空调开得这么热？调低一点!"那大汉一副老爷腔。

服务生热情地回应道:"好吧!"

过了不到一刻钟,那个大汉又有新说法了:"喂,什么破空调？给我温度再打高点!"

被支来使去的服务生似乎一点儿不嫌麻烦,依然跑前跑后,热情周到地服务着。

老胡实在看不下去了,趁那服务生给他们上菜的时候,拉住他悄悄说:"不要理这讨厌的家伙,你这么跑来跑去的,累不累啊?"

服务生见老胡一副慈眉善目的样子,瞥了那个正在大吃特吃的大汉一眼,附在老胡耳边轻声说:"大哥,不碍事,我们饭店没有空调。"

（袁凤华　改编）

（**题图**:顾子易）

乐 在 其 中

人生是这样易于变幻,当快乐在我们前面的时候,我们总应该及时抓住它。

当爹不易

老怪头已经五十出头,"下海"捞了一笔大财,便一脚踹走了相依为命几十年的老伴,娶来一个如花似玉的乡下姑娘。姑娘叫小芳,还不到二十岁,没见过世面,一张娃娃脸带着几分稚气,浑浑噩噩还没有"省"事。老怪头心里很不踏实:两人年龄悬殊太大,万一有人点醒芳心,使小芳混沌顿开,自己不就落得个鸡飞蛋打?因此,老怪头尽量不让小芳跟外边接触,深居简出,金屋藏娇。

小芳充满青春活力,哪能不渴望外面的世界? 这一天,经不起小芳再三软泡硬磨,老怪头只得硬着头皮带她去逛花鸟市场。

走着走着,小芳看中了一盆树桩盆景,想买。老怪头一看,只有一根老树桩,看不出多少名堂,便随口问道:"这盆景叫什么名字?"

卖主看了看老怪头，不阴不阳地答道："老树新芽。"老怪头顿时心惊肉跳，拉着小芳逃之夭夭。你想想，这盆"老树新芽"放在屋内，让小芳天天守着看来看去，不定哪天触景生情，那岂不是引狼入室？

再往前走，小芳又看中一只波斯猫。她抱起猫舍不得放下，心想空房太寂寞，有只猫做伴，也可以添上几分乐趣。一问价，三千，老怪头嫌太贵，不想买。这回小芳不依不饶，任凭老怪头左劝右哄也不肯让步："就买就买就买！反正，你有的是钱！"众目睽睽之下，老怪头束手无策，无可奈何。

卖猫的是一个精明汉子，察言观色后"嘿嘿"一笑，对小芳说："姑娘喜欢，只管抱走就是，你老爸准会付钱。"这一下，石破天惊，老怪头魂飞魄散，额头直冒虚汗。再眯眼一看，却见小芳掩嘴窃笑，挤眉弄眼，一副顽皮的样子，还故意嗲声嗲气地说："老爸，快快付钱！"

老怪头松了一口气，赶紧付钱。不料那汉子捡了便宜又卖乖，说："唉，如今都是独生子女，小皇帝，当爹实在不容易啊！"老怪头恼羞成怒，什么也不顾了："你卖猫就卖猫，怎么卖起马来了？我不是她爹，是她老公！"

"卖马"是一句方言，意思是揭人老底、披露隐私、让人出丑。那汉子一听，越发振振有词："卖马？老子还没收你的马钱呢！早知道你是她老公，那只猫要卖五千！"

（吴　天）

（题图：包丰一）

贺新居

　　王财主心狠手辣,靠着剥削长工,又盖了一座新房子。由于他平时吝啬、势利,没有人前来祝贺乔迁之喜,王财主为了讨个吉利,便让长工"糯米贵"出去请几个人前来贺喜。

　　糯米贵跑到大街上,找来四个人,如此这般地嘱咐一番,然后带着他们来见王财主。

　　王财主正坐在新房的大厅里喝茶,见门外进来四个人,赶忙迎上去打招呼。他先问第一个:"先生贵姓?"

　　这人说:"免贵姓'赵(赵)'。"

　　王财主高兴地问:"莫非是'吉星高照'的'照'字?"

　　对方答道:"不是,是'消失'的'消'字去了三点水,再加一个'逃走'的'走'字底。"

　　王财主听了,心里很不高兴。

王财主接着便问第二个人："先生贵姓?"

这人说:"免贵姓'屈'。"

王财主忙问:"一定是'高歌一曲'的'曲'字啦?"

对方说:"不是,是'尸'字头下加一个出殡的'出'字。"

王财主这下更不高兴了,再问第三个人："先生贵姓?"

这人说:"免贵姓'常'。"

王财主又问:"可是'源远流长'的'长'字?"

对方答道:"不是,是'当铺'的'当'字头,下边加个'吊死鬼'的'吊'字。"

王财主不禁沉下脸来,最后问第四个人。这人自称姓姜,王财主听了一喜,忙问道:"是'万寿无疆'的'疆'吗?"

这个人说:"不是,'王八'两字倒着写,加个'男盗女娼'的'女'字。"

王财主顿时气得暴跳如雷,七窍生烟,本想讨个吉利,谁知却招来了一屋子晦气,于是破口大骂糯米贵不该请这些人来。

糯米贵回答说:"老爷,你又没说明白,我哪会知道这些人个个都像到你家奔丧似的,我又有什么办法呢!"

王财主当即气昏了过去……

(卢东才)

(题图:李　加)

没有胡子的商人

　　从前,有一个商人,年纪很大了,奇怪的是他却从来没有生过胡子。

　　这天,他突然得了不治之症死了,魂灵到了阎王那儿,阎王问他:"老头,你是好人还是坏人? 你活着的时候都干了些什么呀?"

　　商人便说:"大王,我是天底下最好最好的好人,平时我小斗进大斗出,小秤进大秤出;冬天,我把雇工请进家里让他们烤火,夏天,我让佃户放开肚子吃地里的西瓜,从不吝惜……"

　　阎王摇摇头,摆摆手,其实阎王早就知道这个商人是个剥削成性的贪心鬼,他想了想,又问:"你活着的时候,有什么遗憾的事情吗?"

　　商人说:"我最遗憾的是,我年过花甲,两鬓斑白,可连一根胡子都没长过……"

阎王听了十分惊奇:怪了,怎么会不长胡子呢? 于是他就让判官查看案卷。

一查,这个商人明明长着胡子,还两指长呢!

阎王不高兴了,怒气冲冲地大声呵斥。

商人抬起头来,委屈地说:"大王请息怒,我就跪在您的面前,不信您走近来看。"

阎王一看,这商人的下巴上果然光光的,没见半根胡子,更别说两指长了,这么说来是案卷记载有误?

阎王将信将疑,拿过案卷亲自审视,这才发现案卷上还有一行字迹很小的注释:"此人脸皮有三指厚……"

(魏 蕊)

(题图:李 加)

吃野味的理由

梅老师是作家,有一次,他应邀到南方讲学,那里风景如画,珍奇无数,真是一个引人入胜的地方。

主人好客,请梅老师品尝野味。

席间,主人指着一道菜说:"梅老师,这是红烧猫头鹰,味道不错,您尝尝。"

梅老师一惊:"这可是国家二级保护动物啊!"

主人连忙回答:"梅老师您放心,这可不是猎杀的,是它晚上太累,自己没休息好,从树上掉下来摔死的。"

梅老师这才眉头舒展,举起筷子夹了一块。

稍后,上来一道菜。主人凑过身,悄声细语地说:"梅老师,这是金线蟒蛇肉丝,吃了清脑明目,是蛇肉之极品,很难得的。"

梅老师心头一震,说:"这可是国家一级保护动物,捕杀是要犯法的!"

"不要紧的,梅老师,您放心,这条蛇是乡民用炸药开山路时被震死的,绝对不是捕杀。"

梅老师总算放宽了心,夹起一块品尝起来。

中途,又一道菜端了上来。主人两眼放光,热情地指着盘中菜说:"梅老师,这可是红焖穿山甲,现场活杀的,很难得,一般人根本吃不到!"

梅老师闻言大惊,连连摇头:"这也是国家重点保护动物,活杀滥食是要负法律责任的!"梅老师说着,猛地从椅子上站起来,一副愤然离席的样子。

主人赶紧伸手拉梅老师坐下,忙不迭地解释说:"梅老师,您请放心,这家伙不受我国法律保护,它是自己从越南打洞流窜过来的。"

（贾一斌）

（**题图**:李　加）

　　现在的电话,有时真让人觉得有点烦。

　　这天,王先生刚睁开眼没多久,电话响了,话筒里传来了一个女孩的声音:"喂,给我找一下小芳!"你听,现在的女孩说话贼冲!

　　可王先生的家里,包括宠物在内,没有她要找的"小芳"! 王先生在电话里一说,对方显然有些不耐烦了:"我说——我——找——小——芳——"

　　王先生脾气很好,对方又是小姐,所以他尽量保持风度:"对不起,我想你是打错了。"

　　对方的声音立刻提高了好几分贝:"不可能,你这不是1414214吗? 我没打错呀!"

　　王先生只觉得气血上涌:你没打错,难道是我接错了? 他决定要教训一下这个缺少教养的女孩,于是就故意慢条斯理地说:"哦,刚才我没听出来,对不起啊!"

对方居然得寸进尺:"真是的,我就说我不会打错嘛!"

王先生心想:嗨,你还来劲了,好,我就让你错个够! 于是他故意问道:"你是哪位?"

"我是梅子。"

"啊,梅子呀!"王先生做恍然大悟状,"小芳出国了啊!"

对方大惊:"啊? 两个月没见,她怎么就出国了?"

王先生煞有介事地说:"她是一个月前出的国,昨天还来电话了呢,说是给一个叫梅子的朋友买了一个笔记本电脑,可不知道地址,没法寄。"

"是……是吗? 我就是梅子,我怎么联系她?"王先生隐约听见电话那头流口水的声音,心里直乐。

"你记一下……"王先生迅速翻开《世界知名企业联系名录》,在里面随便挑了一个南半球的电话,对着话筒念了起来。

(辛英俊　改编)

(题图:李　加)

仙人指路

　　黄刘村是通往市区的必经之路，

　　刘师傅从城里退休回家后，就在村口路边摆了个烟糖饮料摊，顺便给进城办事的人指指道，不让他们走冤枉路。村里一位文学青年知道后，不但给县广播站写了篇表扬稿，而且还在他的售货车前写了一块"仙人指路"的大牌子。于是乎，刘师傅方圆数里便有了点小名气。

　　这天，村里一些没事的老人在刘师傅"仙人指路"摊前聊天，只见不少行人前来问路，刘师傅总不厌其烦，将城里大街小巷的行走路线讲得清清楚楚、明明白白，众人不禁连声叫好。

　　正在这时，一辆拖拉机戛然停住，车上下来一个人，急匆匆问刘师傅道："师傅，市妇产科医院怎么走……"

　　刘师傅还没搭腔，众人就忍不住七嘴八舌地应道："照直走，见第三个红绿灯左拐弯,百货商场对面便是……"

那人说声"谢谢",转身就要上车,却被刘师傅叫住了:"不行,拖拉机白天不许通过市区,你只能在第一个路口换乘'面的'……"

"啊?"车上人急了,"这可怎么好,我媳妇马上就要生了,动不得呀……"

"这样吧,"刘师傅胸有成竹地说,"你再朝前开一里,见一条小水泥路就右拐,直接开到妇产科医院后面的家属院,给守门的讲一下就可以直接进产房了,然后再补办手续……"

那人听罢,立即掏钱买了几包奶粉,零钱都没让找,便千恩万谢地开车走了。众人大为敬佩,个个伸出大拇指夸奖道:"老刘,真有你的,不愧是仙人指路呀……"

正说话间,只见一辆小卧车又停了下来,一个气宇轩昂的中年人打开车门跳下车,来到刘师傅摊前,一眼瞥见"仙人指路"四个字,呵呵笑道:"看来我算是问着地方了,老师傅,教育学院礼堂怎么走呀?"

刘师傅应道:"南干道北头,市一中的斜对面。"

那人皱皱眉头:"市一中?市一中在什么地方?"

"省农机公司隔壁就是呀!农机公司知道吧?很有名气的!"

那中年人还是摇摇头:"按说我经常来市里呀,我怎么不记得有个农机公司呢……"

"外语学院您知道吗?要不,华联超市……"刘师傅见对方还是一副茫然的神色,不禁没辙了。

正尴尬时,镇办公室黄秘书正好坐车路过,一见那中年人,连忙下车,热情地招呼道:"哎呀,宫总呀!您怎么自己开车来了?"

这个宫总正是某房地产开发总公司的老板,名气可谓叮当响、响叮当,只见他颇有气派地微微一笑,道:"昨天接到一个通知:新来的王市长今天下午要在教育学院做有关本市土地管理的报告,我想应该去听听,受受教育,顺便再到市里办点事,所以就自己开车来了。谁知忘记会址了,就连这位'仙人'都没指明白……呵呵。"

"嗨!宫总,您开什么玩笑呀,您常来常往的,哪个地方不知道,还用问路?"黄秘书说着,用手一指,说:"从市政府往东,过'美人鱼大酒店'、'七匹狼夜总会',就在'波斯猫洗浴中心'南面嘛……"

宫总一听,不禁恍然大悟:"哦,在那儿呀,早知道是那地方,我就不费这么大劲问了……"说着,他又指着黄秘书,半开玩笑地对刘师傅说:"老同志,你好好向这位学学,这才是'仙人指路'呢!"说完,开车扬长而去。

（申之珉）

（题图:李　加）

可笑的八字胡

小赵三十不到,却留了个八字胡,看上去怪怪的。

这天,他心情不好,下班后约朋友喝了点酒,打车回家的时候,人已经有点晕乎乎的了。开车的是个不到20岁的小青年,他一边开车一边偷偷地看小赵,过了一会儿,突然问:"现在几点了?"小赵看了看表,说:"9点56分。"可那司机像没听清似的,还是问:"现在几点了?"小赵提高了嗓门,回答说:"9点56分。"

小赵以为司机这下总应该听见了,没想到他居然还问:"现在几点了?"一边问还一边偷笑。小赵心情本来就不好,被司机问火了,就说:"你耳朵有毛病啊?你笑什么?""哈哈哈……"那司机听到这话,反而笑得更厉害了,忍不住说:"我喜欢看你说9点56分时,八字胡一翘一翘的样子,特别有趣!"

要在平时,这善意的玩笑小赵不会计较,可他此刻心情不好,正有火没处发,现在见自己被这个小青年取笑,就板着脸说:"你小子找揍啊。"司机一看这阵势,不敢再笑了。

回到家,小赵越想越气,在房间里焦躁地踱来踱去,走到阳台上时,发现那里竟然放着一瓶啤酒,想也没想,仰脖子就喝。

可是刚喝到嘴里,就觉得味道不对,一半吐了出来,还有一半已经咽下肚去。老婆像一颗子弹似的"直射"到他跟前,夺过酒瓶,狂吼起来:"你想找死啊?你不看看你喝的是什么?汽油哇!"

小赵一听,慌了。老婆不容分说,把小赵拖进了医院。

这是一家个体诊所,老婆大喊着对医生说,小赵喝了汽油,要洗胃。那个医生当时正在悠闲地抽着烟,听说小赵喝了汽油,像被针刺了一样跳起来,猴急地把剩下的半支烟扔进了痰盂里。小赵有气无力地问医生:"不用这么夸张吧?我只喝了一小口,用得着洗胃吗?"

医生笑着说:"洗胃倒不必,但你要切切记住,三天之内不准抽烟,不准吃辣椒,不准对着电灯打呵欠,嘴里最好能随时含根冰棍,不要见太阳,要多上厕所!"

"为什么呀?"老婆问。

"以防爆炸嘛!"医生嘲弄地说。

小赵一肚子闷气被这个幽默的医生给逗消了,起身要走。还没迈出诊所大门,只听那医生在后面喊他,叮嘱道:"回去先把八字胡剃了,免得火灾时烧了嘴唇!"

(连召波)

(题图:李 加)

大昌遇贼

　　大昌骑自行车去镇上赶集,骑到半路,忽然觉得内急,看看四下没人,就把车一停,急匆匆进了旁边的庄稼地。

　　等大昌方便完返回路旁时,却发现自行车不见了。大昌明白遇到偷车贼了,气得大骂:"哪个没屁眼儿的把老子的车偷跑了? 一定不得好死!"骂归骂,大昌知道那自行车不值几个钱,骂了几句,想到老婆吩咐过还要买点化妆品,大昌只好步行往镇上走。

　　没走几步,忽然听到前面人声嘈杂:"抓贼啊!"大昌定睛一看,只见前面一个满脸横肉、目露凶光的壮汉正死命朝自己方向跑来,后面四五个人在追,边追边喊,显得十分英勇。

　　此时此刻,大昌心头怦怦乱跳:抓吧,自己身小体弱,不会武功,万一贼人腰里有刀怎么办?不抓吧,后面追贼的人肯定会数落自己,骂自己胆小。

怎么办呢?大昌眉头一皱,计上心来。"哎哟!"他忽然捂着自己的小肚子,弯下腰,脸上做出一副痛苦不堪的表情,并迅速闪进路旁的庄稼地里,跑了十几米后,"扑通"一声卧倒在地。大昌心想:呵呵,这下不是我不肯抓贼,是肚子疼哩!正想着,他忽然觉得身后传来"呼哧呼哧"的喘气声,于是就偷偷回头想看个究竟。谁知这一回头不要紧,他"啊"地大叫一声,几乎吓得魂飞魄散。

怎么啦?原来那个满脸横肉、目露凶光的壮汉正站在他身后死死地盯着他。呀!看来躲是躲不掉了!大昌转念一想:老子一没偷二没抢,这一百零几斤的骨肉怕个啥?俗话说,狗急跳墙,人急了来精神。大昌猛地站起身来,指着壮汉大骂:"咋,瞪老子干啥?老子不怕你,今儿非把你送到派出所不可。"说着,便要冲过来抓壮汉。

刚开始时,大昌还有些底气不足,但看到人们已经追过来了,他的胆子立刻又大了许多,于是一把扭住壮汉,厉声问道:"说,为啥偷人家东西?"

壮汉挣了挣,显得非常吃惊,还没来得及说话,后面追上来的人说:"哎,这位老哥,别误会,他不是贼!"

"啥?"大昌几乎不敢相信自己的耳朵,"那你们为啥追他?"

那几个人笑了:"不是我们追他,是他带着我们追贼哩!"

一听这话,大昌一下子泄了劲,又问壮汉:"那你盯着我干啥?"

壮汉这时满脸堆起了笑,说:"不好意思,误会了,误会了!我见你鬼鬼祟祟地往地里跑,还以为你是那贼的同伙哩!"

原来是一场虚惊!

几个人刚返回路旁,就见那边有人扭着一个三角眼的年轻人回来了,还推着一把"咯咯"直响的破自行车。

大昌惊喜地叫起来:"这不是我的车吗? 谢谢你们,谢谢你们!"

那个"三角眼"一听是大昌的自行车,气急败坏地说:"哼,要不是你这自行车没铃儿没刹车,我咋会撞到拖拉机上叫他们追上?"

大昌一听这话,神气了,劈头给了三角眼一巴掌:"笨蛋,你也不想想,这车要是有铃有刹车,我会那么放心,锁也不锁就搁在路旁?"

"哄——"众人大笑,只有三角眼在一旁目瞪口呆。

(天宗健)

(题图:李　加)

打牙祭

　　陈阿三靠替人算命为生，赚不了多少钱，所以生活中处处精打细算。

　　这天，他来到一家名为"好又来"的餐馆，老板看到陈阿三进来，忙迎上去扶他坐下。陈阿三把从菜场里称来的半斤肉扔给老板："拿去，给我加工一下！"这是陈阿三的惯用伎俩：他的钱有限，自己把肉称来加工，老板就不能赚他太多，只能收个加工费。

　　老板接过肉就到厨房里开始加工，因为赚的钱少，工序又麻烦，老板心里有点不乐意，于是切肉时就悄悄地切了一块，留在旁边。

　　菜端上来后，陈阿三就着一壶米酒吃喝起来。快要吃完时，陈阿三暗自纳闷起来：咦，怎么这么快肉就没了？于是大声嚷道："喂，老板，怎么肉就这么一点点？"

老板回答他说："都在这里了，才半斤肉，你想吃多少啊！"

陈阿三鼻子里哼了一声："那块肉我称的时候摸过的，明明上面有肥的，怎么没吃到？准是你做了手脚。哼，想欺负我是个瞎子是不是？"

老板心里一怔：这瞎子真是贼精！他怕别的客人听到影响不好，毕竟他自己心里有鬼，于是就假作大肚量不再争辩，结账时少收了陈阿三两元钱。唉，算起来留下的那点肉还不值两元！

陈阿三觉得自己赚了，临走时理直气壮地丢下句话："下回可别这样了！"

过了几天，他攒了钱又来到饭馆，这回他带来了八两肉。

老板照例拿着肉走进厨房加工起来，一面切肉，一面心里气哼哼地想：你个死瞎子，上次分明占了我的便宜，还害我下不了台，这回我非连本带息赚回来不可。精肉这么多，我这回留块精的，看你怎么晓得？

谁知快吃完时，陈阿三又嚷嚷起来："哎哟哟，看来老板还想留我吃晚饭哪，还给我留着块肉呢！"

老板心里一惊，狡辩道："胡说，你带来的肉不全都在这儿吗？连瘦带肥……"

"哼，明明是少了一块！"陈阿三毫不退让。

老板这回也不松口："你凭什么这么说啊？"老板心想，那块肉他早藏起来了，而且桌上的肉又早吃进了陈阿三的肚里，他倒要看看陈阿三是真知道少了肉，还是在诈他。

陈阿三的声音越来越响："凭什么？就凭我这耳朵！我眼睛虽然瞎了，可耳朵灵着呢，那块肉，我听见你用菜刀'咚咚咚'地切了 65 下，就应该有 66 块肉呀，可我却只吃了 65 块。哼，你还想瞒我？"

"啊？"老板一听这话几乎晕倒，只好免了他的加工费。

陈阿三第三次来时,提了一斤肉。

前两次没占到便宜,老板本不想再接待他,但这天老板喝了点酒,再加上心里那股气一直没出,有心要和陈阿三玩一玩。

陈阿三照例选了一张靠近厨房的餐桌坐下,将一只耳朵对着厨房竖着。

老板见状心里暗暗发笑:这回我下刀快一点,看你怎么听得清刀声,数得清刀数。这样想着,他切肉时就将菜刀舞得像风车一样呼呼生风,为了保险起见,最后几块肉他都没用刀切,而是用剪刀剪开来,要是真算刀数,他还送了几块给陈阿三呢!

这回,陈阿三果然没能听清刀声,他索性也不再数肉块了。但吃完后,陈阿三却又说:"老板你也太不够意思了,你又少了我二两肉!"

老板一副有恃无恐的模样,回敬他道:"谁又拿你的肉啦?你给我拿出证据来,否则今天休想离开这里!"

只见陈阿三不慌不忙地拄着拐杖走进厨房,一面说:"杨老板,你莫急,证据自然会有的。"一面就摸索着从一堆菜叶里翻找出一块肉来,"这不就是证据?"

老板顿时惊得目瞪口呆。

陈阿三得意洋洋:"你一定觉得很惊奇吧?"他说着,突然睁开眼睛,"哼,你以为现在算命的瞎子真的全都看不到吗?"

(刘乐喜)

(题图:李　加)

致富秘诀

　　侯精明人如其名,心眼活、脑筋快,大学毕业后,在朋友的帮助下,侯精明进了著名的守信集团。

　　这守信集团可不得了,属于 AA 级企业,是省里的十大纳税标兵之一。集团创始人郑守信本是当地土生土长的穷光蛋,十年前他去东南亚转了一圈,回来后就神秘发家,投资创办了守信集团。人们对他的暴富史众说纷纭,其中传得最玄乎的,是说郑守信有一个"致富秘诀",这秘诀只要在国外应用,就能财源滚滚,旺达四海。

　　侯精明对郑守信的事早有耳闻,自打进了守信集团,就存了个心眼,一心想从郑守信口中把这个致富秘诀给套出来。

　　这天,郑守信带着侯精明谈成了一笔大生意,庆功宴后,满脸醉意的郑守信依然余兴不减,继续开怀豪饮。在喝完一瓶 XO 后,郑守信突然说道:"小侯啊,当年我只身远赴海外,三天,只用了三天,就成了大富翁!你知道我是怎么成功的吗?今儿个我高兴,就给你讲讲。"

侯精明心里一阵激动,自己苦等了这么久,不就是为了知道这个"致富秘诀"吗?他连忙竖起耳朵,认真地听郑守信讲"创业史"。

"那年,我孤身一人,身无分文,只带着一箩筐山果闯东南亚……啥,你问我为啥带山果?唉,这可是个大秘密,我说了你可不能告诉别人。这山果是咱们本地野生的土特产,又酸又磕牙,乡亲们都任它自生自灭,从来不去理会它。可他们不知道哇,这玩意儿在咱们这不值钱,到了东南亚可就是宝啊!那地方热,这山果可以解暑生津,用来榨饮料再好不过了。

"第一天,我先按一元钱的价卖掉了一个山果,用这一元钱买了把果刷,把所有的山果都刷得水灵透亮,卖相一好,很多人就抢着买。我按两元钱一个的价格又卖了一百个山果。这样,我就有两百元了。第二天,我用赚来的两百元买了台榨汁机,把山果榨成果汁来卖。一个山果能榨两杯,每杯我卖五元。这天共榨了一百个山果,我就有一千元钱了!第三天,我……"

郑守信讲到此处,突然酒意上冲,一阵眩晕,醉倒在包厢的沙发上。

侯精明听到这里,心潮澎湃,难以抑制:致富的秘诀原来如此啊,果然是一本万利的好买卖!他当下写了封辞职信,塞进郑守信的外套口袋里,就此扬长而去。

两年后,"精明果品出口贸易公司"破产,侯精明负债累累、潦倒不堪。再次踏入守信集团的大门,他要找郑守信问个明白:我一模一样地在东南亚卖山果,怎么就发不了财呢?

郑守信似乎早就预料到会有这一天,微笑着接待了这位失意的青年。

"傻小子,上次我还没说完,你就跑了。其实,第三天才是最重要的!"他喝了口茶,清了清嗓子,慢慢地说道,"第三天,我在东南亚的远房表舅死了,他就我这么一个亲人。于是,我继承了他一千万美元的遗产……这才是我的'致富秘诀'!你也不想想,山果就那么一箩筐,就算再畅销,也不至于让我暴富发家吧?"

（王新禧）

（题图:李　加）

减肥广告

　　周末上午，小赵出门买菜，刚打开门，就看见有两台摄像机正对着对门的邻居老陈家，在给老陈录像。

　　老陈外号"陈胖子"，一米七的身高，体重却足有两百斤。此刻，老陈穿得比平时讲究多了，只见他一面爬楼，一面对着摄像机在诉说胖人的苦恼："人要是太胖啊，就难免血压高、血脂高，患脂肪肝的概率也会增加。所以，一定要减肥……"说到这里，他从口袋里掏出手帕，使劲擦着额头上的汗水。走到家门口时，他又转过身来，从口袋里拿出一盒口服液来，对着镜头说："几年来，我尝试了多种减肥方法，包括运动、节食，可是效果都不好，有人向我推荐这一款减肥药，我要试试看！"

　　大概是老陈的表述还算流利，摄像师喊了一声："好！"拍摄就到此结束了，老陈松了一口气，摄像师随后也撤走了。

　　小赵看人撤了,赶紧跑过去,好奇地问:"老陈,你这是搞什么名堂啊?"

　　老陈压低了声音说:"一个朋友让我给他们的减肥产品做个广告!"

　　小赵一听笑出了声:"你真有信心减肥? 要是减不成,这不就都白拍了?"

　　老陈"嘿嘿"一笑,不再言语。

　　半个月后,有一天,小赵看电视时发现,老陈拍的那条广告真的给播出了,前面部分和那天看到的现场拍摄内容一样,而后面的镜头则让他大吃一惊! 只见老陈真的消瘦了许多,手里高高举着那瓶减肥药,对着镜头说:"我刚刚用了不到一个月,居然瘦了40斤!"

　　小赵忍不住打电话给老陈:"我说大哥,我前几天见你还是老样子,你是孙悟空啊? 那广告……"

　　老陈在电话那头不好意思地说:"瘦的那个是我在乡下的孪生弟弟……"

（丰　景）

（**题图**:李　加）

乐 以 忘 忧

欢乐不需要信仰和排场,也不需要豪言壮语,它自己就是一切。

老娘心里有数

　　民国初年,张湾镇东边的胡家庄出了个人物,这个人物就是卖烧饼的胡老三。胡老三生着和《水浒》里武大郎一般的身材,生性软弱,胆小憨厚,他的老婆虎兰却生得人高马大,辣椒舌头刀子嘴,泼辣刁悍,是威震一方的"母老虎"。

　　胡老三四十多岁时,女儿虎姐儿到了该出嫁的年龄,可是硬是没有媒人上门。虎姐儿长相不算太丑,没人上门求亲的原因有两个:一是虎姐儿老娘虎兰泼辣刁悍,人们惹不起;二是虎姐儿其实比她老娘还泼,十里八乡出了名的,她三岁学吵架,四岁学骂街,五岁学上吊……到十八岁时,已经有骂街半天不歇气的功夫了,再加上人高马大的身材,哪个男人敢娶?

　　到虎姐儿二十五岁那年,终于有了个实在讨不到老婆的穷汉托媒人上门求亲了！这汉子叫豆腐张，在张湾镇上靠卖豆腐为生，同虎姐儿一般年龄。虎兰正为女儿嫁不出去发愁，见有媒人上门提亲当然满心欢喜；虎姐儿虽然对一个卖豆腐的不中意，但实在没法再等。金花配银花，葫芦配南瓜，这桩姻缘将就将就，眼看也就要成了。

豆腐张为人实在，每天和胡老三在一条街上摆摊做买卖，叔侄相称十年了。平时，胡老三在家受了老婆的气，总要对豆腐张诉苦；豆腐张有了不顺心的事，也总是同胡老三聊聊。

一天，胡老三和豆腐张两人在一起喝酒时说起了这事。胡老三说："你就要做我的女婿了，事是好事，不过，虎姐儿的脾气你不会不知道，我又担心你像我一样，一辈子受气呀！"

豆腐张仍称他老叔："老叔，你尽管放心，虎姐儿不会欺负我。事在人为，我一定会把她调教成一个贤惠女人。"

没过几天，豆腐张和虎姐儿举行了婚礼。喜宴过后，豆腐张脸红得像关公，一身酒气闯进了洞房。虎姐儿早扯掉了自己的红盖头，正一脸虎气，虎视眈眈地等着豆腐张。她的娘虎兰几天前已经暗授秘招："从新婚第一夜起，你就要给他点颜色瞧瞧，来个下马威，镇住他，让他一辈子不敢放个响屁！"虎姐儿牢记在心，这时正准备使下马威。

豆腐张却不理她，先到厨房"囔囔囔"地磨刀，然后来到洞房，选了个正中的凳子坐定，喷着酒气开始唤猫。猫来了，豆腐张操起亮晃晃的刀，指着猫说："去，去给老子打洗脚水来！"

猫伸伸懒腰，"喵喵"叫了几声，自然不会去打洗脚水。豆腐张火了："畜生，你敢给老子犟嘴呀！"说完，一把抓起猫，一刀宰了。豆腐张又喷着酒气唤狗。狗来了，豆腐张用血淋淋的刀指着狗说："去，去给老子打洗脚水来！"

狗抖抖身子，摇摇尾巴，并不去打洗脚水。豆腐张更火了："畜生，你敢在老子面前耍花招呀！"说完，一刀把狗宰了。

豆腐张再用血淋淋的刀指着虎姐儿说:"去,去给老子打洗脚水来!"

虎姐儿早吓瘫了,手也软,脚也软,嘴里一迭声地应着:"我这就去。"端起盆子就去打洗脚水。

从此以后,虎姐儿再也不敢在豆腐张面前拿腔捏调了,日子过得很太平。胡老三觉得奇怪,就问豆腐张。豆腐张也不相瞒,实话实说了。

胡老三对女婿佩服得五体投地,并决心学豆腐张的样,给虎兰点颜色看看,把她几十年的威风煞下去。

这天,胡老三买了一瓶酒、半斤猪头肉,躲到墙角吃了喝了,借着酒气壮起了胆子。他闯进家门,见了虎兰也不说话,"嚯嚯嚯"地磨了刀,先唤猫打洗脚水,猫不听话,杀了;又唤狗打洗脚水,狗不听话,杀了。接下来,他就用刀指着虎兰,有生以来头一回扯着嗓门吆喝道:"去,去给老子打洗脚水来!"

不料虎兰看都不看胡老三的刀子,先是捧着肚子笑,笑过以后,抡起胳膊就给了胡老三一嘴巴,又拎着耳朵把胡老三提起来:"敢在老娘面前耍把戏呀!你那肚子里的下水有几斤几两,别人掂不出分量,老娘心里还能没数?"

(风　神)

(题图:李　加)

钉钉子

　　小莉和丈夫分居两地,好不容易有了孩子,公公婆婆特别关照,还特地吩咐她不要在家中乱钉钉子,以确保小孩生下来十全十美。

　　哪晓得丈夫不清楚这个禁忌,小莉分娩前夕,他匆匆赶回家,为了挂新买的油画,就在客厅的墙上钉了一根老大的铁钉。小莉发现时已经来不及了,木已成舟,把一对老人气得要死。

　　等到小孩生下来,老两口子将宝宝全身上下仔仔细细找了个遍,也没发现有什么不对,只是宝贝的左边脸蛋上有一个小小的米酒涡。老两口好生后悔:早知道是这样,当初就该多钉一枚钉子!

　　　　　　　　　　　　　　　　　（陈　农）

　　（题图:李　加）

老李下棋

　　老李是曲艺团说书的，是个棋迷，可是因为下棋脾气不好，没人愿意跟他下。这天下午，老李的老伴儿从外面回来，忽听屋里有人嘀嘀咕咕在说话，还有碰动棋子的声音，禁不住心里一惊：太阳打西边出了不成？谁会找上门来下棋？

　　这时，忽听屋里有人把桌子敲得"咚咚"响，接着又听见老李高腔大嗓门地说："卧槽马将军了，还拱卒？再拱卒，我把你的老将给吃了！"

　　话音刚落，又响起了一个哑嗓子的声音："你什么时候将了我的军？"

　　忽听"啪"的一声棋子震动的声响，老李说："你会不会下棋？"

哑嗓子小声地说:"我没看见,我重走。"

"啪"又是一声棋子震动的声响,老李说:"落子无悔,不行!"

老伴儿心头一紧,身子一哆嗦:这老东西就是头怪驴,人家上门来跟你下棋,不给人家留点面子,谁还会来找你下?

哑嗓子又说:"我认输,不下了,这总可以吧?"

老李还是不肯罢休:"认输也不行,天塌下来你也得下!"

正说着,就听"哗啦"一声响,棋子"劈里啪啦"掉了一地,估摸着是哑嗓子掀翻了桌子。

老伴儿听得心惊肉跳,怕两人打起来,连忙跑进屋里去劝架。谁知进去一看,竟傻了眼:屋里只有老李一个人!

老伴儿问:"你跟谁下棋?"

"跟我自己下。"

"跟你自己怎……怎么下?"

老李说:"我是让左手跟右手下棋呀!"

(李　琳)

(题图:李　加)

4×4＝16

　　有个司机叫张三,最近他买了一辆二手车,准备跑运输。张三把车子开回了家,听到喇叭响,妻子乐颠颠地跑了出来,对着车子左看右看,心里乐得开了花。夫妻俩正笑着,突然两人全都瞪大了眼睛:只见这辆车子的驾驶室旁被人用红漆写着"4×4",也不知是什么意思,虽然有点刺目,但夫妻俩想想没有什么大碍,也就算了。

　　就这样,这车子要么出去跑运输,要么就在张三家门口停着。

　　这天,有个小学生趁张三不在,在"4×4"的后面用粉笔醒目地添上了"＝16"。

　　张三发现后十分恼火,可他不知道这个捣蛋鬼是谁,所以只能干瞪眼,没办法,小心翼翼地将"＝16"擦去。

谁知道到了第二天,这个小捣蛋趁张三不留神,又将"＝16"添上去了,张三更恼火,可他还是没辙。

油漆写的"4×4"没法抹掉,可你不抹掉,他就会给你添上"＝16"。一个大男人竟斗不过一个小调皮,张三实在咽不下这口气!他绞尽脑汁,最后还真的想出了一个绝妙的主意:他到工艺美术店,订做了一个"4×4＝16"的新牌子,紧紧地钉在车皮上。张三想:这下你这小调皮总没什么好写了吧?

这天早上,张三刚吃好早饭,忽然货主打来了电话,急着要他去拉一批货。张三放下电话就往屋外跑,哪知跑到车旁一看,险些儿气得晕倒,他随即破口大骂起来。妻子听到声音跑了出来,对着车子一看,顿时傻了眼:只见那个小捣蛋又在新做的车牌后面用红粉笔打了一个大大的"√",而且十分醒目地批道:"对了!"

(群　山)

(**题图**:李　加)

不重名

一天，住在东街的张大爷和住在西街的毛大爷碰到了，闲聊起来。

张大爷说："我们院里程家生了一对双胞胎，你猜他们俩叫什么名字？"

毛大爷马上说："一个叫程才，一个叫程名。"

张大爷很吃惊："你怎么知道？"

毛大爷说："猜的呗！我们院里文家上个月生了一对龙凤胎，男的叫……"

毛大爷还没说下去，张大爷马上打断了他的话："是不是男的叫文明，女的叫文静？"

毛大爷连连点头。

　　张大爷叹口气道："现在这些人呢,取名真是好笑,不是怪头怪脑的,就是瞎用时髦词儿。"

　　毛大爷说："是啊,我们院里舒家的儿子叫舒服,明家的儿子叫明星。"

　　张大爷说："可不!我们院里一家姓姚,一家姓蒲,两家门对门,巧了,都生了儿子,于是一家取名姚望,一家取名蒲布,说是'遥看瀑布挂前川'。你说好笑不好笑?"

　　毛大爷说："这有什么好笑,我说个好笑的给你听听!我们院里蔡家的儿子叫蔡板,女儿叫蔡刀;朱家的儿子叫朱头,孙子叫朱干。他们说是这样不会重名。"

　　张大爷听了,哈哈大笑。

　　谁知毛大爷说到这里却突然愁眉苦脸起来,他对张大爷说："我儿媳也快生了,还不知给孙子取个啥名好呢!取个毛盾吧,觉得高攀不上;取个毛猴吧,又觉不雅。"

　　张大爷说："什么名不好取,偏要取这么些怪名,你真是脑子有毛病。"

　　毛大爷一听,"啪"地一拍大腿,大叫道："好!好!就叫毛病,保证不会有重名。"

（赵一蒉）

（**题图**：李　加）

交货款

　　好多年以前,有一天,一个小伙子替他父亲到城里的棉纺成品加工厂交购货款。王出纳指指他手里捏着的销货票,说:"你就按这票上开的数交吧。"

　　小伙子突然红了脸,不好意思地问:"王阿姨,厕所在哪里?我得先去趟厕所。"

　　"楼道尽头,门上写着呢!"

　　过了一会儿,小伙子上完厕所回来,把钱交给王出纳。

　　王出纳一点,说:"不够啊,还少200元。"

　　小伙子吐了吐舌头:"王阿姨,你等一下,我再上一趟厕所。"说完,又跑了出去。

　　科室里的人都捂着嘴笑:"这小伙子,到咱们这儿造粪来了。"

这一回,小伙子过了很长时间才回来,王出纳关切地问:"去这么久,身体不舒服吗?"

小伙子说:"厕所老有人,不方便。"

王出纳不解:"谁还碍着你拉屎不成?"

小伙子摇摇头。

王出纳明白了:"你把钱放内裤兜里了?是啊,出门在外,是要防着点的。"

王出纳边说边点钱。点完了,对小伙子说:"你还得上趟厕所,这里面有一张假钞。"

小伙子惊异地接过假钞,反反复复地看了一阵子,只好又跑出去。回来的时候,问王出纳:"王阿姨,你有剪子吗?要不,小刀也可以。"

王出纳问:"怎么,解不开裤腰带了?"

小伙子的脸红到了脖子根:"是啊,人多,我一着急,带子就打了死结,怎么解也解不开。"说罢,他接过王出纳递来的剪子,第四次跑了出去。

王出纳的同事们笑得前仰后合。王出纳说:"你们别光顾笑,快想想,这里有什么我们可以做的事?"

据说,有一种专门为出差人员提供的拉链防盗内裤,就是不久以后由这家棉纺成品加工厂发明制作的。

(胡宝龙)

(题图:李 加)

按轱辘收钱

这天,栓柱推上家里的独轮车进城卖瓜,他刚进县城,路管所的一个"大盖帽"将手中的小旗一挥,说:"按轱辘收养路费,独轮车一个轱辘,交 20 元。"栓柱只得老老实实地递过去 20 元。

没多久,栓柱买了一辆旧自行车,后边挂两个篓子,这样进城卖瓜就省力多了。那天刚进城,上次的那个大盖帽又将小旗一挥,说是自行车有两个轱辘,该交 40 元养路费。又过了一阵子,栓柱将自行车换成了三轮车,那个大盖帽说三轮车又多了一个轱辘,要收 60 元养路费,栓柱只得乖乖地给了他。

过了一段时间,香瓜卖完了,栓柱想在城里找个事做。这天,他进了城,看见路边有一家自行车装配店,门前还贴了张招聘熟练工的启事,栓柱以前学过修理自行车,就去应聘。

走进店里一看,嗨,那店主就是那个大盖帽!

　　大盖帽见了栓柱,有点不好意思,说:"我叫张伐,因为乱收费,被领导解除了职务,现在就开了这么个店……"

　　栓柱在张伐的店里打起了工。

　　栓柱装配相当熟练,他笑着对张伐说:"你从前罚款按轱辘算钱,你现在也按轱辘给我算工钱吧,一个轱辘10元,一辆自行车20元,怎么样?"

　　张伐想了想,满口答应。

　　后来店里进了一批三轮车,装配起来比自行车还简单,栓柱每辆却要30元,张伐只得乖乖认账。再后来,店里进了一批儿童自行车,装配起来更简单,栓柱每辆却要40元,张伐自然不答应。

　　栓柱说:"我们不是说好按轱辘算钱的吗?"

　　张伐眼睛瞪得比铜铃大:"可儿童车只有两个轱辘啊!"

　　栓柱笑了:"你没看见后边两侧还有两个小轱辘呢!"

(宁书科)

(题图:李　加)

领奖

　　刘老太家住会展中心旁边,每逢展会必去领免费派送的小礼品,乐此不疲。

　　这天有场服装展,刘老太听说这回送的不是杯垫钥匙扣之类的小玩意儿,而是送女装,绝对"超值",于是就连忙往展会场走去。

　　可当她兴冲冲赶到服务台一问,却傻了眼。原来主办方有特别规定:只有身着内衣在展馆里巡游一圈的女性,才有资格领奖。刘老太这么大年纪了,你让她还怎么"身着内衣在展馆里巡游一圈"?

　　刘老太不甘心地抬眼四下打量,展馆里果真有身着内衣巡游的女性,可人家那是才二十来岁的姑娘家。刘老太眼巴巴地看着人家巡游完了,拎着女装款款而去,羡慕得不得了,一气之下就质问服务台一位身着制服的小伙子："你们这是在搞年龄歧视啊！"

小伙子一听，乐得哈哈大笑，说："我们可没有规定老人不能领奖啊，您要是穿着内衣走一圈，一样可以领到奖品啊！"

刘老太听了这话可生气了："我都一把老骨头了，怎么好意思在这么多人面前……"说到这儿，她忽然咬了咬牙，"哼，我就不信拿不到你们这奖品。"说着，她开始解自己外套的衣服扣子。

周围人见状，都劝她："大妈，你这么大年纪就别较真了，为了一套衣服着了凉，可不值啊！"也有人干脆对服务台那小伙子说："你们干脆送大妈一套衣服得了！"

不管人们怎样七嘴八舌，刘老太这时候已经把外套衣服上的扣子一粒一粒解开了。人群中发出一阵阵惊讶声，有人实在看不下去，要小伙子把刘老太劝住。

谁知刘老太接下去的举动却出乎所有人的意料。只见她解开外套的衣服扣子后，从内衣贴身口袋里摸出一只手机，"啪啪啪"拨通了号码，然后说道："喂，小丫吗？我是奶奶啊，你赶快来展馆，有个奖，非得你来领不可，别忘了，把你游泳穿的衣服给穿上……"

（金　芝）

（题图：李　加）

冒名顶替

星期六一大早,办公室主任陈肖华躺在被窝里,就听见手机响了,接起来一听,是镇长打来的,叫他马上到他家去一趟。

陈肖华不敢怠慢,马上赶到镇长家。镇长正在门口等他,一见他来,就用命令的口吻说:"你今天替我去听一堂课。"

镇长要上课学习的事儿,陈肖华是略知一二的。近一段时间,全市乡镇级领导接受现代化管理培训,每周六上午集中听课,培训结束后,据说还要进行考试。

想到此,陈肖华显得有些为难,支支吾吾地想说什么,可镇长把脸一沉,说:"怎么,有困难?"见陈肖华低下头不吱声了,他放缓了语气,说,"你放心,只要帮我应付一下今天的考勤,我给你算加班!"说完,一头钻进小车,走了。

没办法,陈肖华只好硬着头皮拦了辆出租车赶过去。走进教室,后面的位子都坐满了,他就在前排找了个位子坐下来。

没多久,门外有个小老头径直走到讲台上,拿着个花名册开始点名,陈肖华不敢与他的目光对视,像做贼似的低着头。当点到镇长名字时,他因没有进入角色,没有及时应答,小老头又喊了一声,陈肖华这才猛醒过来,"蓦"地往起一站,大声回答:"到!"

话音刚落,教室里一阵哄笑,陈肖华这才发现,点名是用不着站起来的。他心里一惊:不好,弄砸了!他忐忑不安地偷眼看了看讲台上的小老头,只见小老头冲着自己笑了笑,示意他坐下,他提到嗓子眼的心这才落了一半。

接下来,小老头开始上课。陈肖华觉得很无聊,就掏出手机搁在腿上打游戏。正玩得入迷时,突然手机响了,他忙压低嗓门接听:"对,我就是陈肖——""华"字还没溜出口,他就赶紧刹住了,环顾左右,见大家都若无其事,再往讲台上看,只见小老头目光怪怪地看着他。陈肖华赶紧对着手机回了一句:"对不起,找陈肖华,你打错了!"

这天真是撞到鬼了,陈肖华刚应付完,手机却不知趣地又响了,陈肖华赶紧走出教室,谁知那小老头竟然追踪过来了。不好,要露馅!陈肖华见旁边就是厕所,一闪身躲了进去。

没想那老头儿也跟进了厕所,陈肖华忙把手机关了。就听见小老头的声音传过来:"张教授,你那边忙完了就快过来吧,我快撑不住了,你那后现代理论我不会讲的啊,万一露馅可咋办?"

陈肖华听到这里,捂着嘴"扑哧"笑了:敢情这位先生,也是个冒名的替身哪!知道了这个秘密后,陈肖华再也不害怕了,打开手机,大声地说:"我就是陈肖华,有什么事,快说!"

(贾桂兰 刘金泉)

(题图:李 加)

叫爸爸

一个周六的下午，小英正在客厅里做功课，突然门铃响了，她赶紧跑去开门，一看，是一个英俊高大的男士站在门口。

小英心里正在猜测这位男士是谁，这时候妈妈从厨房里走出来了，看到这位男士，脸上露出了欣喜的笑容，说："你终于来了！"

她回头对小英说："叫爸爸！"

小英心想：好奇怪呀，这个人我不认识，为什么妈妈要我叫他爸爸？她心里憋着劲儿，就是不开口。

妈妈看小英愣在那里，就催她说："快叫爸爸呀！"

小英瞪着两只大大的眼睛，还是不出声。

妈妈生气了：这孩子平时很懂事的，今天到底怎么了？她大声呵斥道："快叫呀,快叫爸爸!"

可小英依然不出声,和妈妈僵持着。

妈妈急了,伸手打了小英一巴掌:"你耳朵没了? 站在那里发什么呆啊?"

小英没想到妈妈竟会打她,"哇——"地一声就哭了出来,只好对着陌生男人喊了一声:"爸……爸……"

妈妈顿时傻了,哭笑不得地对小英说:"你怎么了? 你这样小声地叫爸爸,他能听到吗? 你去房里把爸爸叫出来啊,让他带这位叔叔上楼去修水塔……"

（纪　琳）

（**题图**:李　加）

老孙头请客

镇上有所中学,学校厕所里的粪肥由老孙头包干掏。

那天,老孙头正赶着小驴车走出校门,学校管后勤的黄主任拦住了他,说:"老孙头,一年四季,学校的粪肥都让你给掏了,白得这么多钱,你怎么也得表示表示才行。"

老孙头听了,脸有点红,他不想舍了这份财,只好讨饶说:"那俺请你喝酒,成吧?"

就这样,到了星期天晚上,老孙头狠狠地往兜里揣了五百元钱,惴惴不安地来到酒楼,镇文教助理、校长、黄主任等一干人马七八个,正在包间里等着他呢,见他来了,一桌人便开始点菜,校长还特意要了一瓶茅台酒。

老孙头没想到会来这么多人,而且一个个还专拣贵的菜点,他暗暗担心：这得花多少钱？不知兜里的钱够不够用？

老孙头心痛兜里的钞票，脸上还不能表露出来，只好自己安慰自己：反正羊毛出在羊身上！他哆嗦着端起酒杯，结结巴巴地说："嗯……嗯，领导们都来了，鱼鳖虾蟹的，没什么好东西，大家凑……凑合着吃吧。"

一桌人听了这话，觉得很不顺耳，都认为老孙头在骂自己不是什么好东西。

于是黄主任放下酒杯，把脸一沉，训斥道："你不会说话就别说，想着结账就是了！"

老孙头不知道自己说错了什么，想再说句客套话补救补救。只见他又端起酒杯，一副豁出去的样子，慷慨激昂地说："大家甭客气，我不心痛，钱不够回家去取……尽管吃，反正都是你们拉的。"

（褚烈民）

（题图：顾子易）

一件露脐装

　　张大姐在文化局上班，四十多岁，做事风风火火，说话咋咋呼呼，思想有点守旧，对现在年轻人穿的花里胡哨的衣服很是有些看法，特别是对有点"暴露"的夏装，更是看不惯。

　　这天是星期一，张大姐一走进单位，办公室里男男女女的眼睛就都瞪直了，张大姐立刻嚷了起来："咋了咋了？没见过四十多岁的美女？"

　　这时候，一个穿着露脐装的女同事说："大姐，没想到你的思想还挺前卫的，今天你穿的露脐装比我的还开放！"

　　张大姐赶紧往自己的身上看，这一看可把她吓了一大跳：自己白花花的肚皮全暴露在外边，她怪叫一声，蹲下，用手快速地遮挡，又对几个男同事骂道："一群色狼，转过脸去！"

几个年龄稍大的男同事转过了脸,一个毛头小伙子紧盯着张大姐的肚脐眼,说:"你敢穿,还怕别人看?"

张大姐说:"再看,把你的眼珠子剜出来!"

这时候,那个穿露脐装的女同事问:"大姐,你是不是穿错衣服了——穿了你女儿的?"

张大姐红着脸解释说:"不是。星期六我逛商店,图便宜买的。星期天,就是昨天,我穿了一天,晚上洗了一下,谁知道缩水了,还缩得这么厉害,早上急着上班,也没顾得看,慌慌张张地穿上就来上班了……哎呀,坏了!"

张大姐突然叫了起来,大家不知道她什么事情坏了,全瞪眼看着她,等着下文。

张大姐说:"坏了,坏了,我还给我婆婆买了一件……"

(赵清川)

(题图:李　加)

乐 极 生 悲

做一个人嘛,什么都会经历到:欢乐的时候,直想翻筋斗;而苦恼袭来,又想仰天呼号。

一声喷嚏

木爹和木婶是一对胆子极小的老夫妻。胆小到什么程度呢？就是房间角落里窜出一只耗子来，老两口也会吓得用被子蒙住头，浑身发抖好半天。

这天吃过中饭，木爹和木婶躺在床上睡午觉。忽然木婶听见大门被什么东西啃得"吱吱"乱响，她吓得一哆嗦，忙推推木爹："老头子，快醒醒，去看看，有耗子在啃门呢。"

其实木爹也早听见了，就是不敢睁眼，被老婆子一推，没办法了，只得壮着胆子起身，蹑手蹑脚地摸到门口，扒着门缝往外看。

一看，顿时吓得全身直抖，原来是一个蒙面贼，正用一根铁棒撬门哩。木爹跌跌撞撞地逃进屋，附在木婶耳边道："老太婆，不得了啦！有贼来啦！咱们快躲起来吧。"木婶一听也慌了，可屋子这么小，能躲哪去呢？老两口想来想去，只好钻到了床底下。

"蓬"的一声，门被撬开了，那蒙面贼鬼鬼祟祟地溜了进来，四下一打量，见没有人，便放心大胆地翻箱倒柜，搜寻起来。

不一会儿，抽屉里3000元现金被贼发现了，他一把塞进了口袋。木爹和木婶在床底下看得真切，心疼得直吸气。

那贼捣了一阵，又把木婶当年从娘家陪嫁来的那只老金戒指也搜了出来，大大咧咧地套到了自己的手指上。木婶见了，难过得直翻白眼，可还是大气都不敢出。

后来，贼见没什么东西可偷了，又掏出一只米袋，把墙角半缸米倒了进去。木爹、木婶想，这下贼总该满意了，可以走了吧？谁知那贼一屁股坐在床上，点上一支烟，美滋滋地抽了起来！

这烟飘呀飘地就飘到了床底下，钻进了木婶的鼻子。木婶鼻子一痒，就要打喷嚏，她连忙用手捂住，木爹见了，也伸出一只手帮着她捂。木婶脸涨得通红，可鼻子越来越痒，最后实在憋不住了，"啊——欠"一下爆发出来！

再看那贼，像触电似的，一蹦三尺高，往外就窜，慌忙中竟一头撞在门框上，趴下不动了。

邻居听到他们家动静不对，连忙赶过来，七手八脚地把昏过去的小偷抓住了。

这时，木爹和木婶才从床底下爬出来，他们你看看我，我看看你，半天才憋出一句话："原来贼比咱还胆小啊！"

（沈海清）

（题图：李　加）

有话当面说

　　老盘自从当了公司经理后，可不像以前那么本分了，经常出入歌厅舞场，和小姐们打得火热。最近，他又和一个叫小娇的姑娘好上了，经常在外边幽会。

　　这天，正是风和日丽的时候，他和小娇又在西湖公园逛上了。他们正在长廊里挎着胳臂走着，老盘忽然"哎呀"了一声，小娇吓了一跳，问："怎么，让马蜂蜇着啦？"

　　老盘摇摇头，说："今天是我老婆的生日，我怎么给忘了！"

　　小娇不高兴地说："那你找她去吧……"

　　老盘赶紧赔着笑脸说："看你说哪儿去了，我就想打个电话，请个……假。"

　　小娇这才不说什么了。

　　老盘便挎着小娇打手机："喂，老婆吗？是我！我在郊区的一个小厂子里,和一个暴发户谈生意。唉,这个土老帽儿真难缠! 我记得今天是你的生日,可是回不去呀……"

小娇在旁边捂着嘴偷偷直笑。

老盘一边打电话一边往前走:"什么,今天你也向我请假? 你要到车站去提货? 那……改日再补生日宴会吧! 你要注意,可别累着了,你……"

老盘说到这儿突然目瞪口呆,一下子成了泥塑木雕一般,浑身的机灵劲儿全没了。干啥? 原来他的老婆水花,这会儿正让一个足有二百斤的胖子搂着,打着手机从对面走来。

得,这回还用什么手机呀,有话就当面说吧!

（崔　陟）

（**题图**:李　加）

这事儿我明白

肖大明年纪不大,懂的事还真不少,上自国内外大事,下至民间七十二行,没有他插不上话的。他动不动就爱说:"这事儿我明白。"说的次数多了,人们就笑话他,在他名字后面又加上一个"白话"的"白"字,都管他叫"肖大明白"。

肖大明白平时爱赌钱。这天晚上,他又邀上张三、李四、王五在自己家搓起麻将来。张三这次手最臭,搓着搓着就吃不消了,便一推牌站了起来:"你们先歇会儿,我回家取包烟。"肖大明白知道张三平时为人吝啬,想借此开溜,便不客气地说道:"甭来这套,这事我明白,先把账清了再走。"

张三被揭了底,便恼羞成怒地掏出一张百元钞票,往桌上一拍:"你给我找零钱!"

李四、王五是大赢家,正想借机收摊,便劝解说:"算了吧,我们都换不开，要不明天再玩吧。"

肖大明白今晚战绩平平，此时刚上手气，便拦阻道："说好要打到天亮的，没零钱我去换。"

李四、王五指指墙上的挂钟说："都半夜几点了，上哪换去？"

张三在一旁阴阳怪气地激将道："让他去嘛，他是个大明白，准能换回来。咱可有言在先，他只要能换回来，咱就继续玩。换不来，咱立马就走人！"

肖大明白咽不下这口气，转身就走了出去。不多一会儿，他还真换回一大把零钱。于是，四个人又"哗啦哗啦"搓起了麻将。

正起劲间，忽听有人叫门，打开一看，吓了一大跳，竟是派出所的民警寻上门来……

事后，张三、李四、王五百思不得其解："这老警是怎么堵住门的？"三人一分析，就怀疑上了肖大明白，于是问道："肯定是你换钱时露了风！说，你在哪儿换的零钱？"

肖大明白说："我看所有店铺都关门了，我就找派出所值班民警换的。"

三人吓了一跳："我的老天爷，你咋去那儿了？"

肖大明白振振有词地说："去那咋了？大街上不是到处写着'有困难找民警'吗，这事儿我明白！"

三人一听，顿足骂道："你明白个屁！幸亏咱们赌得小，要是大赌，不判刑才怪咧……"

肖大明白手一摆："不会，不会，绝对不会！治安处罚条例上明白规定，像咱这样的，最多处十五天以下的治安拘留，这事儿我明白。"

好嘛，这个他也明白呀！

（田中长）

（题图：李　加）

礼多人不怪

　　陈、王两家住对门,关系很好。陈家喜欢吃糯米酒,隔几天做一回。王家喜欢吃饺子,常包饺子吃。两家只要哪天吃糯米酒或饺子,都要送些给对方,双方都很满意,关系越处越亲密。

　　这天,王家女人包好饺子,煮好了,盛上一碗,正准备送给陈家,被站在一旁的男人拦住了。

　　王家男人说:"老婆,你觉得昨天陈家送来的糯米酒是不是比平常多一点?"

　　王家女人点点头,说:"好像是多一点。"

　　王家男人立刻吩咐:"去,弄个大碗,还礼要比来礼重一点。几个饺子不值钱,别叫人家说我们小气。"

　　王家女人换了个大碗,把饺子装得满满的,送了过去。

　　过了十余天,陈家送来一汤盆糯米酒,那汤盆好大,可以装下一只鸡。

　　王家夫妇看着那盆糯米酒发傻。

　　王家女人问:"咋办?"

　　王家男人不服气了:"哼,跟咱摽上劲了。咱家不是有小号铝锅吗? 装满了送过去!"

　　第二天,王家女人就提了一小锅饺子送给了陈家,回来对男人说:"我觉得陈家两口子不大对劲。"

　　"怎么,他们不高兴?"

　　"也不是不高兴,就是不对劲。怪你多事,那么多屁礼。"

　　王家男人摇摇脑袋:"妇人家懂什么,礼多人不怪,反正我们没错。"

　　过了十多天,陈家主妇端了个中号铝锅敲门进来,王家两口子很不安,待人走后关上门商量起来。

　　王家女人哭丧着脸说:"糟糕,他们把糯米酒全给端来了。我看过赵家的糯米酒坛子,就那么大。"

　　王家男人搓着手说:"这事弄的,这事弄的。"想了想,接着说:"不行,送! 不能栽在他们手里。"

　　第二天,两口子忙了半天,又剁馅又和面。煮好了饺子,王家女人边往大号铝锅里装,边说:"尽给人家包了,自家一点也吃不上。"

　　王家男人说:"啰嗦什么,就知道吃。"

　　一会儿,男人见老婆送饺子回来了,焦急地问:"怎么样?"

　　"还能怎么样,送丧一样,笑不像笑,哭不像哭。"

　　"管他呢,反正我们尽礼了。"

　　"得得得,又是你那个屁礼,他家几天都吃不完。"

　　打那以后,过了两个月都没有相互再送了,两家常在门前相遇,都笑嘻嘻的,但都没什么话。那笑是皮笑肉不笑,王家两口子都觉得脸上绷得慌,一进屋赶紧在脸上揉搓一阵。

眼看事情过去了! 但这天刚吃完晚饭,"当当当"又响起了敲门声,接着传来陈家女人的声音:"王家的,开开门。"

陈家男人也在门外喘着气说:"老王,开开门,我们给你送糯米酒来了。"

王家两口子听了心惊肉跳,开门一看:我的妈呀,他们抬来了一口酒缸!

(祁增年)

(题图:李 加)

一巴掌

　　农村集贸市场上谈生意,时常用手指来代替数字,比如,伸一个手指头,代表十元;伸一只手,那是五个手指,就代表五十元,俗称"一巴掌"。

　　有个农民叫王小二,那天,他扛了一段木料到市场上去卖,一个四十多岁的汉子看中了这木料,两人就谈起了价钱。王小二要价六十元,可那买主只肯出三十元,两人谈呀谈,最后,买主伸出了一只右手,那是"一巴掌",五十元,两人就成交了。

　　买主数好钱给王小二,王小二接过钱看了看,就叫了起来:"喂,你少给了十元,这是四十元!"

　　"我没少给,我是说'一巴掌'!"

　　"你这人有毛病呀,'一巴掌'不就是五十元吗?"

　　买主一笑,伸出右手在王小二面前晃了晃,说:"你看看,我这'一巴掌'是多少!"

王小二一看,差点晕过去,原来那是个木匠,一不小心让电刨子把小拇指给刨掉了,只剩下四个手指。王小二吃了哑巴亏,只好自认倒霉。

过了几天,这个木匠到市场上去卖桌子,又碰上了王小二,这一回是王小二看中了桌子,那木匠开价八十,王小二就和他谈价钱,谈呀谈,最后,木匠伸出了一只手,那是"一巴掌",说:"这是最低价,再少就不卖了!"

王小二知道这木匠的右手是四指,可这回他伸的是左手,该是五指,便说:"好,依你,就这个价!"说着,王小二掏出五十元,递给了那木匠。

不料木匠哇哇直叫:"少了,少了,你看看我这'一巴掌'是多少!"

王小二一看那木匠的左手,气得差点要断气:那家伙的手上多了个小拇指,竟是个"六指"!

（王道庄）

（题图:李　加）

眼见为虚

　　四叔没读过书，属于村里人说的那种"睁眼瞎"。

　　年轻时，那天四叔要去市里，小队会计说钢笔坏了，托他捎个"英雄"牌钢笔。四叔是个热心人，一下车，自己的事八字还没见撇，就一路直奔百货大楼，给会计买笔。买好笔，四叔插进上衣，然后才去办自己的事。

　　出百货大楼不远，四叔忽然小肚子一阵发紧，他情知不妙，于是睁大眼睛，四下里找厕所。可是市里头的厕所不是说有就有的，四叔在大街上遍寻不见，就拐入一个小胡同，没走几步，眼前一亮，发现前面不远外就有个厕所，他三步并作两步，一溜小跑而去。然而到了厕所前，他的两腿却迈不动了，"男女"两字虽然写得明明白白，可他根本分不清"男"是哪，"女"又是哪。

　　那年代像四叔这样斗大的字不识一筐的"睁眼瞎"还比较

多,有人挣了一辈子工分,连自己的名儿都不会写,四叔不认得厕所门口这"男"、"女"两字,一点也不稀罕,于是他眼一闭,脖子一缩,"嗖"地钻了进去。

刚解决完,裤子还没来得及束紧,打外面就来了两个妇女,一见四叔,两人惊呼"有流氓——抓流氓啊",喊声立即招来一批人,没费多少工夫,就把四叔给捉了,送进了街道革委会。

革委会主任亲自审讯四叔,问他为什么要到女厕所里耍流氓。四叔解释他不识字,革委会一个妇女拿着鸡毛掸子,照四叔头上"啪"的就是一下,指着四叔胸前的钢笔问:"不识字,你骗谁?不识字,你带钢笔干啥?"四叔眼睛瞄了一下,头便"嗡"的一下响开了,不知啥时候插进上衣的钢笔,忙中出错,下半身"蹿"到了口袋外,一眼就让那妇女给看到了。四叔只好低着个头,如实回答:"捎的。""烧的?我叫你烧去!""砰砰砰","嗵嗵嗵",四叔身上、头上着实挨了几老拳和好一顿鸡毛掸子。

原来,在豫北方言中,"烧"就是不要脸的意思。这下意思全给弄拧了。

却说四叔拖着重步回到家中,对天发了个毒誓:往后八抬大轿抬他,他也不会再去市里。若要再去,他就是灰孙子!

一晃二十年过去了。四叔愣是没到市里去过一趟。

但事到如今,四叔心里却动摇了好几天。为啥?四叔想去市里看戏。他这回不知从哪里听说市里来了一批名角,银环妈、李豁子、"土特产"范军……四叔是个老戏迷,那些名角平时光在电视里见影,广播里听声,却没见一回真人,这下可把他心里痒得不得了,他一跺脚,一咬牙,情愿做灰孙子,50元一张夜场门票,他眉头都没皱一下就买下来了……

过完戏瘾出来,四叔一阵轻松,便想小解,身边一个戏迷指着前边告诉他,厕所就在那儿。

这次四叔没慌张,要知道,这二十年字他可没多认,就认下两个："男"和"女"。他不紧不慢地走了过去。可是等走近了细看时，他心里抖了一下，只觉得晚上灯光太暗了，厕所门口偏又没有"男"、"女"两字，只画了两个小人的模样，他还真有点吃不准。就在这时，有个青年人擦肩而过，四叔心里一喜，估摸着也是上厕所的，心想，这可比那两个字还保险呢。四叔紧跟几步，随小伙子进了厕所。

　　没想到小伙子上了厕所，宽衣蹲下，一扭身发现了正找小便池的四叔，"呀——"的一声尖叫，叫得四叔魂都飞了。没过一分钟，巡警赶来了，问是咋回事。这回四叔可没怵场，定了定神，指着那个"小伙子"说："她留个小平头，还穿着这身衣裳，往后瞧，谁敢说不是个男的？"

（赵文辉）

（题图：李　加）

姑娘今年才十八

生产队那会儿,每到庄稼成熟的时候,队里总要安排几个人"看青"。看青的主要人选是光棍汉,因为他们牵挂少,可以日夜守护在庄稼地里。

按理说这种安排是可以最大限度地减少损失的,但也有例外的时候。

有一年秋天,赵庄村南的庄稼接连被偷。起初,队长认为是看青的太笨,然而换了几个"灵透的",情况照旧,队长无奈,找来了"看青模范"二憨。

二憨听完队长的介绍,瓮声瓮气地说:"俺就是变成夜猫子,也要抓住这个贼!"

也该着二憨露脸,当天中午,二憨刚在谷子地里潜伏了一袋烟的工夫,就见南边田间道上来了一个背筐的女人,只见她朝四周张望了一下,便径直走进地里,割起豆子来。

二憨一见就上了劲,借着庄稼的掩护绕到女人身后,断喝一声:"这回看你往哪里跑! 走,跟我到大队部去!"随着喊声,二憨一手抓住筐子,一手抓住女人的手腕,不容分说,拉着就走。

那女人吃了一惊,想喊不敢喊,有心要赖不走,怎奈被二憨的大手钳住,如老鹰拖小鸡一般,不容她不走。

女人见状,就主动跟了几步,对二憨说:"大哥,听我说句话,我跟你去。"

二憨拖了半天也觉着累了,就松开手说:"有话快说!"

那女人抚摸着红肿的手腕,瞟一眼脸色阴沉的二憨,扭动着身子轻声说:"大哥,俺今年才十八。"

二憨心里纳闷,盯着女子问:"才十八就该偷东西?"

女人涨红着脸,用手一指:"那边有块高粱地。"

二憨怒道:"偷了豆子还想偷高粱啊!"

女人白了他一眼:"你真傻!"

二憨不服气:"傻? 傻还逮住你了呢!"

女人这回没招了,只好乖乖地跟着二憨去了大队部。

(李宽云)

(题图:李　加)

秀才
碰到"兵"

　　这天，青年教授冷文玉给大学生们上课："'象征'这个东西比较难讲，我讲个故事给你们听。有一个县的县长在一次会议上讲：'红色象征着革命，象征着先烈们抛头颅、洒鲜血打下的红色江山，所以我爱坐红色小轿车。'于是他下面的人坐骑全变成红色了。可老百姓不这样理解，他们说：'瞧这些小车，多么像一只只'小红包'哇!'"

　　课堂里一片笑声，冷文玉继续讲下去："老百姓的议论传到那位县长耳朵里，他又在一次会议上讲：'绿色象征着和平，象征着农业，我们是农业大县，所以我的车换成绿色。'可是红车变绿车，老百姓还是会错了意。他们说：'大街上爬满了绿毛龟，那些人想长寿哩。'"

　　在一片笑声中冷文玉宣布下课，然后按着丈母娘的吩咐，买了一条十斤重的大鲢鱼,第一次上门去了。

此刻,冷文玉的未婚妻郝乔正对着镜子梳妆打扮,边娇嗔地埋怨母亲说:"妈,你规定的东西也太难为人了,鱼要十斤重的,让书呆子上哪找那么大的鱼去?"

郝母不快地说:"我这是为你好,这鱼可是有讲究的,它象征着吉庆有余,十斤重,代表十全十美,而且,这条鱼必须新鲜和完整,连一个鳞片都不能少。"郝乔知道妈妈是老迷信,不由得为冷文玉悬起了一颗心。

好不容易盼得门铃响,郝乔跑去开门,见冷文玉手中拎着一条大鱼,这才放下心来,赶紧把他迎进屋,并向母亲作了介绍。冷文玉恭恭敬敬地把礼品交给了未来的岳母,眼巴巴等着她点头微笑,正式接受他。哪知岳母接过那条大鱼,脸就立刻变得铁青:"天哪,这是什么鱼呀?"

冷文玉闻声色变,忙说:"是鲢鱼,十斤还多一两呢!"郝母却把鱼摔到他的脚下,气急败坏地说:"你、你怎么敢把鱼开膛破肚?这、这不是侮辱我的女儿不……不完整了吗?"

冷文玉吓得一迭声地解释:"我、我绝不是那个意思,我取出内脏,是因为天太热,怕鱼坏了。这么大一条鱼,坏了多可惜!"

迷信的郝母根本不听他这一套,她盯着那条象征着女儿幸福的鱼,愤愤地说:"太不吉利了,闺女,你给我拿刀来!"

郝乔听到母亲要刀,吓得浑身发抖:"妈,你要刀干什么?书呆子,还不快给我妈赔礼道歉!"

冷文玉如梦初醒,连连道歉,郝母却眼睛发直,恶狠狠地盯住他,对郝乔说:"快把刀给我拿来!"

郝乔看到母亲就像平日要杀鸡的样子,不由大叫:"妈,你总不能因为这条鱼就杀了他吧?"

郝母一边撸胳膊挽袖子,一边叫道:"你这个傻丫头,他这么侮辱你,一旦传出去,我们家的脸往哪放?好,你不去拿,我自己去拿!"她边说边跑进厨房,拿出了一把明晃晃的菜刀。

郝乔见状,忙推了冷文玉一把:"书呆子,你还不快跑?"冷文玉吓得夺门而逃,谁知慌不择路,跑进了郝乔的卧室。隔着一道玻璃门,冷文玉看到郝母拿着菜刀其实并不是来追他的,手起刀落,她把大鱼的两只眼睛剜了出来。

郝母剜出鱼眼睛,还不解恨,在地上把鱼眼踩碎,这才气呼呼地朝冷文玉嚷道:"姓冷的,你给我出来,我要让你为我女儿恢复名誉。"

郝乔趁机夺过母亲手里的刀,把冷文玉从卧室里拉出来。只听郝母训斥道:"你提着这条鱼,从来的路上重走一趟,让街坊邻居都看看,不是我女儿不完整,是你有眼无珠!"

冷文玉顿时张口结舌,他这个妙语连珠的大才子,这回算是真正领教了民间"象征"的厉害。

（周淑兰）

（题图:李 加）

一场好戏

张三是县剧团里的小品演员，很机智。这天晚上，他们剧团在县大礼堂演出，张三扮演一个肉贩子，演出小品《卖狗肉》。

张三一上场，面对着黑压压的观众，就连声吆喝起来："狗肉，上好的狗肉……"

另一个演员李四正要从后台上场配戏，不料观众席上一个五六十岁的老酒鬼抢先踉踉跄跄地跑上台，一个劲儿地要看张三手里的"肉"，可谁都知道这"肉"其实是塑料做的道具，一看就要把戏搅黄。

这时，张三却显得十分镇定，他将手里的"肉"晃过来晃过去，不让酒鬼看，还一边晃一边问："带钱了没有？"

"没有。"

"没带钱看什么？快回去！"

　　老酒鬼一愣,乖乖地下去了。

　　他下去后,就该李四上台了,可此时原来的台词已经接不上了。张三很机灵,他对李四说:"刚才你爹来买肉,没带钱,我把他轰下去了,你莫非也是来拿我寻开心的?"

　　李四也是聪明人,就顺着张三的话说:"你凶什么? 他是他,我是我,我带钱了!"

　　这样,他俩又按原先的戏路演下去了。

　　谁知大家刚松了一口气,不料那个老酒鬼又晃晃悠悠地跑上台来,只见他走到台中央,指着李四,气势汹汹地说:"我这辈子只生过闺女,哪来你这个龟儿子?"

（群　山）

（题图:李　加）

模拟演练

阿三喜欢下饭馆,只要有机会,就想在外面吃。时间一长,妻子小米忍不住抱怨起来:"外面的饭就那么好吃?不干不净的,还费钱,真搞不懂你们这些男人,图个啥呢?"

"图个啥?图的就是那个过程,那份感觉,那种享受。"阿三说得一套一套的。

小米嘴一撇:"我不信!"

阿三认真地说:"我不骗你。这样吧,哪天我带你去体验体验,你就知道了。"

小米想了想,说:"费那事儿干吗,你看这样好不好,哪天咱就在家模拟演练一回,你带几个哥们来,我按饭店的标准给你们服务一次,你们看看有什么区别,我也好学习学习,改进家庭服务质量,拴住你的腿。"

阿三一听,一劲儿直吧嗒:"嘿!别说,你这主意真新鲜!不过话说回来,你再怎么学习改进,也肯定比不上饭店。往饭店那一坐,呵!那滋味……"

小米不甘心:"比上比不上咱模拟一回试试,好么?"

阿三一想,这倒也挺好玩儿的,就答应了:"你不怕挨累受委屈,那就试试呗!"

没过三天,阿三早早打电话回来,说今天演练,让小米做好准备。果然,晚上下班,阿三带了两个哥们儿一起回家来了。

小米笑脸相迎,热情地给他们打招呼,可阿三就是不满意,说:"不合格,重来!"

小米不服气:"我这不是挺热情的么?"

阿三说:"你站的位置不对,要再往左点儿。姿势也不对,饭店迎宾小姐的两只手要拢在胸前略下,上半身微微前倾,含笑点头。你笑得哪有她们甜!"

站在旁边的那两个哥们有点不好意思了:"都是熟人,何必那么认真?"

小米委屈地说:"是呀,何必这么当真呢?"

可阿三却一脸严肃地说:"这是你服务员该说的话吗?越是熟人越要认真对待才是。"

小米只好重来一遍。阿三这才清清嗓子,像模像样地带着哥们在客厅的餐桌前坐了下来。

小米于是赶紧去厨房忙活。

不一会儿,阿三在厅里高声大嗓地喊:"小姐,上茶!"

小米把沏好的茶送上来,逐杯斟好。阿三端起喝了一口,说叶子放多了,太苦。小米又去沏了一壶,斟上,问这回怎么样。大伙说不错,阿三于是"哼"了一声:"将就吧。"

"那……"小米说,"几位先喝茶,我去做莱。"

"慢！"阿三把转身要走的小米叫住，"我说你也不问问我们要吃什么，是你吃还是我们吃？再说了，你说话也得有个称呼呀，就这么'几位几位'的，几位什么呀？没规矩！是不是上岗前没参加培训，凑合着混哪？"

"对不起，几位先生。"小米一脸诚恳地道歉。

"先生？你看我们谁是教书匠儿？"

"那……"小米有些不知所措。

"要称'老板'！也不看看对象就胡乱叫，可倒省事儿。"

"谢老板指教。几位老板请点菜，还有酒水，我好为你们准备。"

待得酒菜上来，阿三还是左挑咸右说淡，不是说鱼头摆得方向不对，就是说冷菜热菜盘子摆得位置不规范。他一会儿要餐巾纸，一会儿要牙签，吃喝间天南地北地高谈阔论，那派头潇洒极了。

酒足饭饱，天已经黑透了，阿三说声"埋单"，把几张百元大钞拍在桌上，潇洒地说："剩钱不用找了！"站起身，懒洋洋地往外走。小米立即跟在后面说："各位老板请慢走，欢迎下次再来！"一直把他们送出门外。

阿三把朋友送到楼下，优哉游哉地转回家来，心里想着：小米还真行，回去得好好夸夸她。走到家门口，他掏钥匙开门，却怎么也打不开，原来门从里面反锁上了。阿三敲门，没反应，于是就不耐烦地使劲敲。

不一会儿，里面传来一阵"踢踢踏踏"的脚步声，小米隔门打了个哈欠，懒洋洋地拉长声调问："谁呀——深更半夜的？"

"是我！"阿三回答。

"你？你是谁呀？"

"我是阿三！"

"阿三？阿三是谁？是先生呢还是老板呀？"

阿三搓着两只手说："小米，别闹了，快开门让我进去，我没穿外衣，冻不住了！"

小米在门里悠悠地说："哟，你这位老板怎么这么没规矩呀，直呼小姐的名字，太不礼貌了吧？"

"算我不对，不懂规矩。你还是快开门吧！"阿三没想到这模拟演练还没结束，只好继续进入角色。

门里的小米也退了一步，说："这还差不多。请问这位老板，你有什么事呀？"

"我来用餐。"阿三想，这下子你得开门了。

可是门里的小米却回敬他说："对不起，老板，这儿打烊了，你还是到别处去吧。坐215路到火车站广场，那儿饭店多着哪！快去吧，不然就赶不上末班车了。"

阿三急坏了："求你了，小米，快开门吧，都快半夜了，我得睡觉了，明天还要上班啊！"

小米一听乐了："闹半天你要住宿呀？那我可更帮不了你了。实在对不起，老板，本店只经营餐饮，没有客房部。"

阿三傻了！

（李清林）

（题图：李　加）

误导

　　胡来特爱看警匪片，简直到了着魔的程度。看着看着，他渐渐从中悟出了门道，感觉自己已经精通了作案手段，也掌握了警方破案的思路，具备了反侦察的能力。于是，他找了几个小混混，模仿电视里面的黑道人物，开始作案。

　　别说，这些经验和办法还挺管用。他们入室偷，蒙面抢，劫出租，骗小姐……作案数起，从未失手。胡来看着为破案伤透了脑筋的警察，数着到手的大把钞票，过着花天酒地的日子，真是觉得又刺激又得意。他打心眼里感激那些编导，编出这么些周密细致的好教材，让他受益匪浅。

　　可常言说得好，再狡猾的狐狸也斗不过猎手。这天，胡来一伙在绑架了一个小孩之后，被知情人举报。像电视剧里演的一样,公安局出动大批警力,将他们围困在一处废弃的厂房内,里三层外三层,包围得水泄不通。

胡来的手下弟兄一个个惊慌失措,好几个人都说要向警方投降。胡来却胸有成竹地说:"慌什么?要不怎么说你们没把剧本研究透呢?"说罢,他学着电视剧里那样,用刀子胁迫着人质要挟警方,要求让开道路,提供车辆,放他们逃走。

胡来满以为警方会像电视里那样,按他们的要求放下武器,然后让开一条通道,提供车辆,他们便可以在大批荷枪实弹的警察面前大摇大摆地离去,然后警察再开车来追……可谁知事情的发展完全不是这样,他抓着人质当盾牌,刚开口提条件,警方一个狙击手一枪就把他持刀的右臂打断了,接着几个警察飞扑过来,鹰拿兔子一样把他铐了个结结实实。

落网后审讯,胡来不肯配合,一脸的不服气。

警官问他:"你为啥见了棺材还不落泪?"

胡来脖子一梗,说:"我输得冤枉,是你们不按规矩办事。"

警官奇怪地问:"说说看,我们怎么不按规矩办事了?"

胡来说:"按警匪片里的规矩,在那种情况下,你们不能开枪,还要再费好多周折,起码得飙车呀!就算最终能抓住我,按每天演两集算,起码也还得半个月。"

警官听了哈哈大笑:"我当你说的什么规矩呢,那哪是警察的规矩,那是编导的手段,剧本拉得越长,钱赚得才越多。"

听了这话,胡来的脑袋耷拉了下去,半晌,才嘟囔了一句:"我明白了。"

"你明白了什么?"警官问。

"那帮家伙,敢情是骗子。"

（李清林）

（题图：李　加）

狗攥摩托

　　三娃是个见啥就想学啥的大小伙，近来想学骑摩托，便缠着老舅用他的旧摩托车教他。

　　老舅是个屠夫，每天都要用这辆摩托车驮肉上街，因此车上沾满了浓浓的肉腥气味，三娃学车心切，也不顾难闻不难闻，捂着鼻子一天两天就适应了。

　　学了几天，三娃老掌握不好刹车与油门的使用，老舅对他说，不要性急，得慢慢体会。

　　这天下午，三娃又推着车出门，老舅因为有事要出去，让他一个人先在自家门前的场地上练练。三娃心急，等老舅前脚一走，他后脚就骑上车，沿着村前的一条机耕道慢慢行驶起来，后来越骑越上劲，越骑越快，"嘟嘟嘟、嘟嘟嘟"，眨眼间车子就进入了邻村的地界。

穿过一片竹林,路边一户院门里突然窜出一条狼狗,也不知咋的,那狼狗突然像发了疯似的向三娃的摩托车冲来,三娃只觉头皮发麻,双手哆嗦,当即加大油门,落荒而逃。可是那狼狗一副不依不饶的样子,紧追着不放,三娃骑得快,它追得更快。

眼看要被那条狼狗追上了,三娃头次见这阵势,心慌意乱地刚要再轰油门,突然发现前面路上出现了几个被汽车压出的大土坑,坑的外侧是一条两米多深的河沟。三娃暗叫一声"完了",还没待踩刹车,只听"砰"一声,摩托车在土坑间连翻了几个跟斗之后,倒在了地上。三娃被摔了个鼻青脸肿,"哎哟、哎哟"了半天,才挣扎着坐起来。

抬眼一望,他不由得气晕过去。原来,那狼狗正在津津有味地舔着他车上散落的肉屑……

(周光林)

(题图:麦荣邦)

真正原因

林强通过婚姻介绍所搭桥，交上了一个叫来亭亭的女朋友。没多久，两人便举行了婚礼。

这天，夫妻俩在街上闲逛，遇到了一个人，来亭亭亲切地叫着"阿姨"迎了上去，林强却赶紧低头躲到一旁。原来那人是他前妻的妈妈，他的上任岳母。等来亭亭聊够了过来，林强便问她们是怎么认识的。这一问来亭亭倒奇怪了："难道你不认识她？她就是婚姻介绍所的负责人，我和你的事就是通过她撮合才成的呀！"

林强大吃一惊，他登记时是让别人拿他的照片和资料去的，他真的不知道上任岳母当了他的"红娘"。渐渐地，他心中不安起来。为啥？他因为脾气暴躁，把前妻打伤过多次，正是上任岳母力劝他们离婚的。按说,他打一辈子光棍,上任岳母才解恨,可为什么要撮合他和来亭亭呢?

这谜底一定要搞个水落石出!晚上,林强故意找茬和来亭亭闹别扭,还恶狠狠地说:"别以为我不清楚你的老底!"

果然,来亭亭口气软了下来:"什么,你都知道啦?"她央求林强:"你别在意,以后我对你好还不行吗?"

果然有问题!林强决定乘胜追击:"我在不在意就看你的态度了,你把'那事'跟我详详细细说说。"他故意在"那事"两字上面加重了语气。

"就是我没跟你说明,我……我结过婚。"

林强一愣,但很快就释然了,想想自己不也结过婚吗?于是就问:"那你是为什么离婚的?"

"那个没良心的欠揍,背着我勾搭别的女人,把我惹急了,我把他打了一顿,一棍子下去把他……"

"把他怎么样了?"

"把他的肋骨打折了三根,所以,他才跟我离了婚。"

(刘六良)

(题图:李 加)

局长级服务

　　这天清晨,张生在"荆记"早点楼吃早餐,坐在对面桌子上的一位中年男子吃完了,见桌上没有餐巾纸,就站起来到旁边桌上去取。他一边走一边往外扯了一大把餐巾纸,经过张生桌子时,他的手机响了,于是就顺手把餐巾纸放在张生的桌上,接了电话。

　　谁知那手机响了几下没声音了,而张生刚才只顾自己低头吃东西,突然发现桌上有这么多餐巾纸,还以为是这男子帮着取的,就说了声"谢谢"。

　　不想这位中年男子一听"谢谢"就不高兴了,拉下脸说:"谢什么?我又不是伙计。"

　　张生说:"我没说你是伙计呀!"

男子仍然虎着个脸,说:"你刚才那一声'谢谢',就分明是把我当伙计了。我告诉你,我不是伙计,我是土管局局长。"

张生一听他是局长就慌了,连忙解释说:"我确实没有小看你的意思。我这桌上原来没有餐巾纸,你帮我拿来了,我是真心谢你。"

中年男子没好气地说:"我没帮你拿,我只不过是随手放你桌上,别以为我是在为你服务。"

张生耐着性子,赔着笑脸说:"但事实上你是帮了我的忙,我应该谢你才对啊!"

不想这中年男子听了更生气,说:"谁要你谢了?这餐巾纸我不放你这儿了,看你怎么谢!"说着,他就把桌上的餐巾纸拿起来,放到了另一张桌子上。

没想那张桌上这时正好来了一位顾客,见自己刚坐下就有人送来了餐巾纸,自然就把他当成了伙计,高兴地说:"伙计,给我来碗胡辣汤。"

中年男子一听,怒不可遏,吼道:"我是局长,不是伙计!"

那位客人被吓了一跳,随即恍然大悟,说:"原来是局长亲自下基层体验生活了,今天真不赖,我享受到局长级的服务啦!"

中年男子一听,白眼一翻,晕了过去。

(马海燕)

(题图:顾子易)